奇幻系

天馬行空 破格創新

晶戰曲

目錄

推薦序

黃獎　香港小說作家

沒有任何事情是毫無意義的

以前看楓成的作品，喜歡他建構的世界觀，波瀾壯闊！今次這一本，他明顯地改變了舊有模式，採取一種「以快打快」的步調，更有效地吸引讀者的目光，令我有耳目一新的感覺。

故事的前半，就是一部「爽片」，每個動作場面都充滿電影感，甚至是電競感！我不止一次地，有「居然用文字做到CG效果」的驚歎！

中後段的情節，一變再變，這才是真正的楓成——讓讀者爽完之後，可以品嘗不同的意義。有一句對白「世間，沒有任何事情是毫無意義的。」總共出現了四次，由個人感情的付出，說到拯救地球的承傳，感覺有餘而不盡！

黃獎

2021年　立夏

呼……

秦菲站在石山上，眺望着對面達偉爾的晶石塔，呼出一口氣。

「思思，戰爭有甚麼意義？」

「意義？生存算不算是意義？」

這裏是戰場——至少看上去是一個戰場。

秦菲站在一道半塌的城牆，遙望遠方。另外也有一名少女躺坐在旁邊，香汗淋漓，一邊沒有形象地用手替自己搧著風，一邊沒好氣的回答着。那自然是秦菲的拍擋——思思。

秦菲低歎一聲，開口道：「模擬結束。」

幾乎在她一聲令下，周遭的畫面以肉眼可見的速度化成數據流，漸漸消散。二人出現在一座偌大的空間。與此同時，一道無悲無喜的電子合成聲音響起：「模擬結束，恭喜妳，秦菲。妳成功刷新了自己的紀錄，八百九十二分。跟排行第二——里昂的七百四十三分距離很遠。」

秦菲面無表情，彷彿剛才那副感慨的模樣只是幻覺。很難想像這樣一名正值青春盛年的美貌少女，面上竟然如此冰冷漠然：「謝謝。」

而那被稱為思思的少女站了起來，她比秦菲矮了一個頭。雖然二人同是十八歲，思思的發育卻遠比秦菲來得好。在奪晶部隊中常常有一個很華麗的說法：思空足非。

這是借同音詞而起的一句調戲，儘管沒有點明，但人人皆知其四字的意思，每名部隊中的青年們都會露出一副「你懂的」樣子。

當然，每每說出這句話的人只能在暗地裏調戲調戲而已。

畢竟秦菲與思思乃是現今奪晶部隊中最出色的二人組，極有可能成為三個月後晶石大戰的主力成員。

◎◎◎

二人就這樣平靜出了模擬室，走在廊道上。

驟一看去，這廊道上至少有數十個以上的模擬室。偶有少年忽然從模擬室走出來，神

情或是興奮無比，或是一副不甘、怒氣沖沖，只是在看到秦菲與思思之後又噤若寒蟬。

剛破紀錄走出來的思思還帶着興奮，路過他們時更語重深長的拍了拍他們肩膀：「加油加油，他朝有日你們也是可以的。」

要知道這些模擬室可不是無限制的使用。

每一支戰隊，每天只能使用一次模擬室。因為模擬室的一次使用，便是足足一塊晶石的能量。平常一塊晶石的能量，足夠普通家庭半年以上的消耗了。哪怕是在奪晶部隊，也不可能任由他們如此揮霍。

周遭有人看到了思與菲二人，都是暗自議論紛紛。每次紀錄的刷新，都會是一個大範圍的公告，所有奪晶部隊的人都能透過手中的「天訊儀」查看到。而二女顯然早已習慣了這種目光，正眼都不看他人一下，逕自來到了偌大的登記室。

這也是每次進出模擬室時需要來到登記並退還的地方。

負責登記的也是一名少女，只見她露出崇拜之色：「秦菲大人、思思大人，恭喜又刷新部隊的紀錄。這是妳們刷新紀錄的獎勵。」語畢，少女在身前巨大的光幕上飛快點了數下。那驟眼看去如渾然一體的白色櫃台，陡然有個直徑半米的正方形位置凹陷下去。當那位置再次升上來時，已經出現了四塊拳頭大小、泛着藍色光華的石頭。

「竟然是四塊晶石……」

「這也太闊綽了吧？是不是搞錯了甚麼啊？」

「嘖，有本事你去刷新人家冰山女神的紀錄啊！」

「……」

秦菲面上仍然冰冷漠然，把兩塊晶石遞給思思後，自己也收起了兩塊才點頭謝過：「謝謝。」少女頓時手足無措：「呃呃……秦菲大人太客氣……」在她還沒有反應過來時，秦菲與思思已經轉身離開。

而這登記室上方數十米，有着一枚不斷轉動着的天眼，在緊盯着秦菲與思思離去的方向。

◎◎◎

穿過天眼無數電路之後，那是一座通體雪白、足有百米方圓的空間。寬廣的地方偏偏只有中央的一座圓桌，驟眼看去與空間渾然一體。

在這圓桌的中央有着一枚一模一樣的晶石天眼。

而那天眼此刻，卻是射出了一片三維立體投影。

這影像，赫然便是秦菲與思思剛才於登記室的畫面。

圓桌的周遭，坐着十個人。

若有人看到這幕，定會吃驚無比。

因為這裏是埃依比的白色神殿，而有資格在這裏展開的會議，自然是代表埃依比的最高決策，也是決定埃依比何去何從的「圓桌會議」。那麼這十人，當然就是埃依比的祭司。

圓，代表不分主次。

埃依比的十名祭司，無分地位高低，也沒有誰負責主持會議、誰決定決策。他們只是很簡單的對每個決定進行投票。

若有五五對分的分歧，便會於下次會議重新進行投票。

此刻十人看着秦菲與思思的影像，都是讚歎不已：「秦菲，孤兒。四年前加入部隊，只用一年時間便獲得了當居奪晶部隊的首名紀錄。自此三年間，無人能超越。」

「思思，父母為普通商人，本居於外城，賣着日常用品為生，現因為思思的優秀而居於內城。思思同樣是四年前加入部隊，並與秦菲組成戰隊。自此二人所向披靡。」

一名祭司簡單的介紹着二人。

雖然二人在奪晶部隊聲名顯赫，但這裏可是埃依比的圓桌會議。這些祭司日常都需要處理整個埃依比事無大小的事宜，不會有那個空閒把每個人都記住。

「嗯……進正題吧。馬拿，作為曾經的晶石大戰勝利者，你怎麼看？」

被稱為馬拿的祭司拉下了那頂白色的袍帽，露出了那不算年老、卻似是飽歷滄桑的臉龐：「說實話，我從來沒有見過如此出色的學員。與她相比，當年的我也是遠遠不如。」

馬拿，乃是遠在晶石紀元前數百年一名戰神的名字。以之為名，馬拿．德利思也不負這戰神之名，成功奪下了先代的晶石大戰，替之後十年的晶石源獲得了重大的利益。

歲月過去，馬拿因為曾獲大功，加上其領袖風範，最後成為十祭司之一，掌管奪晶部隊的一切調配及訓練模式。他也是現今十祭司最年輕的一人，只是以三十二歲之年便成為十祭司，放眼百年都從來沒有過。

除他之外，現任十祭司最年輕的都已是四十多歲。

聽到馬拿如此高的評價，眾祭司也是一愣，隨即不禁開口道：「堂堂戰神馬拿，竟然也對這兩名女娃有如此高的評價？」

馬拿聞言，面上一片肅然：「諸位知道，我從不誇大其辭。秦菲的天賦驚為天人，力量、速度，盡是上上之選。其關鍵的是其身體協調性、反應，及堪比野獸的直覺。若我跟她同年之時交手，我毫無勝算。」

這時一名祭司冷笑：「馬拿，別把話說得那麼準。別忘了，你們奪晶部隊上次沒有拿到勝利。」馬拿面色平靜：「若我方肯定每次勝利，戰無不勝。那麼又何需晶石大戰？我們直接派兵，直指達偉爾把其殲滅，自此晶石全部都是我們的。這不就更好？」

「哼！」說話的是李至安，也是主管整個埃依比財政及能量的人。他與馬拿常常就因為奪晶部隊那驚人的消耗吵上半天。畢竟一座模擬室一天便消耗一顆晶石，數十座便是數十顆。

數十顆的晶石消耗，幾乎是足夠整個內城一天所需要的晶石數量。

「好了，別吵了。」其他祭司知道二人不對頭，連忙出來勸架。

然後又看向馬拿：「馬拿，哪怕你對那兩個小娃娃再有信心，我們也需要更實質的證據。除此之外，我們要準備決定最後出征晶石大戰的五人，並停下其餘部隊成員的練習，

把資源集中在五人身上。」

那位祭司也是面色凝重：「我們可沒有再敗的機會，要知道，若是讓那些『大人』得知我們埃依比沒有存在意義……那麼就莫説晶石大戰，甚至連參與戰鬥的資格也沒有。」

説起那些「大人」，在場的祭司們也是陷入沉默。

良久，馬拿點了點頭：「我明白了。三天後，我會安排秦菲二人與里昂交手。」

有祭司皺着眉頭：「里昂嗎？那小子下起手來不分輕重，有關他的事跡早已傳遍內城。若非因為他是奪晶部隊的成員，恐怕早就被關起來了。讓秦菲與他交手——」

馬拿開口截住了他：「你們不是要證據嗎？我就給你們證據。」

「真要説的話，里昂最像達偉爾那些冷血的劊子手。讓秦菲與其交手，不就代表是與達偉爾的一次模擬戰爭？」

眾祭司默然無語。

良久，有人發動投票：「讓秦菲二人與里昂隊伍進行模擬戰，贊同者舉手。」

很快，七隻手舉起來，當中包括馬拿。而馬拿面上那一副胸有成竹的模樣，看得李至安牙癢癢。

「那好，三天後舉行，同時開始為晶石大戰進行最後備戰。」

「十年的晶石量，那當中可能涉及數萬、數十萬，甚至百萬人的生命。希望你們成功。願埃依比之光照耀我們。」

十人同時開口：「願埃依比之光照耀我們。」

圓桌中那十張白色座椅上的身影漸漸淡去，這赫然只是一場立體投影的視像會議。當十道身影消失後，只剩下秦菲那冰冷、高傲、漠然的表情仍然透過天眼投影於圓桌上，久久不散。

◎◎◎

秦菲平靜地走到房間前，戴在右臂的天訊儀在門前的掃描器一揚。

「歡……歡迎……回來，秦……秦菲。」

秦菲走進房間並關上門，面上露出一抹疲憊。

一抹從來不露於人前、無人察覺的疲憊。

聽着那一字一頓的語音系統，看着身前忽明忽暗的燈光，房間也是漸漸變得冰冷起來，她伸手摸在門旁的一個把手，然後向後一拉。這像個小型抽屜的金屬箱子中，躺着一塊冰冷的石塊，驟一看去與普通石頭無異。

又一年的過去。

秦菲心裏想着，然後小心的把那金屬抽屜裏的石頭拿出來。她小心翼翼，像是拈起一株最珍貴的小花，但偏偏面上沒有半分珍惜的表情。

取出來後，她便伸手從腰包拿出一塊今天從登記室拿回來的晶石，擱在金屬抽屜裏，

然後重新關上。

嗡……

燈光重新變得明亮，房間也很快暖和起來。而那剛才還卡頓着的語音瞬間順暢起來：

「歡迎回來，秦菲。」

秦菲卻恍若不聞，仍然小心地握着手中那顆彷彿已失去生命力的石頭，逕自走到垃圾桶扔下。

呼……

在接觸到垃圾桶的底部後，那塊石頭瞬間化成黑灰飛散。而這時秦菲已飛快地把垃圾桶的蓋子關上，沒有半分黑灰能夠在房間內肆虐。若有人看到定會覺得哭笑不得，想不到剛才的小心翼翼只是因為這少女有着些微的潔癖。

她呆在原地想了想，這大概又足夠扛過一年了。

一塊晶石雖然只能讓普通家庭撐半年，但這部隊中的宿舍房間不大，足夠用上一年。只是她又想起三個月後的晶石大戰，那時候的她大概已經不能再留在宿舍了。奪晶部隊，每十年一次招生，招生後留在部隊服役五年。

而當中也有一個規條——僅限十八歲以下。

秦菲今年已是十八歲，這次晶石大戰，算是她最後留在部隊的日子了。想到這裏，秦菲很謹慎，馬上於一直在戴在右臂的天訊儀中設下提示：要記得在離開時，把晶石拿走。

畢竟只用了三個月的晶石，若放在外面還是很好用的，大概足夠自己手中天訊儀再用上數年吧。

她不再猶豫，轉身走進浴室。

水溫被調至滾得發燙，濃重的白霧彷彿要把秦菲整個人包裹住。她站在熱水中，似欲把她整個身體都燒得發紅。偏偏她面上卻仍然冰冷平靜，似乎只有這種熱得快受不了的感覺，才能令她從回憶中那可怕的酷寒中喚醒過來。

良久，她用毛巾綁住了身體，另外又拿着一條毛巾擦拭着她那頭奇異的橙色長髮。她走到窗邊，拉開了布簾，身影頓時一僵，甚至那本來擦着頭髮的毛巾也掉在地上。

放眼窗外，只見一片雪白。

冰山無盡，翻滾着的暴風雪哪怕在最先進的隔音系統裏，秦菲都像隱約聽到那風雪的咆哮之聲。一片又一片連綿的廢墟，若是仔細看去會發現它們盡數隱於風雪下，偶有一星半角露出雪原上，如提醒着人們不要遺忘歷史。

秦菲怔怔的看着身前雪原，身體不自覺的顫抖。在她眼中已不再是溫暖的部隊房間，而是那冰山中無孔不入的寒風。五歲的孩童，一頭橙色短髮於山洞裏瑟縮發抖。甚至這不是一個山洞，而是在晶石紀元前遺下那荒舊的廢墟中，一座被風雪佔據了的購物廣場。

秦菲一個激靈瞬間醒來，連忙跑到窗邊的一個控制平台，熟練而飛快的按了幾個按鍵，那窗邊的畫面頓時出現變化。

吱吱……

那是鳥鳴聲。

一望無際的大海。

這視角彷彿立於山巔，看向波平如鏡的大海。平靜，祥和。夕陽像是對秦菲眨着眼睛說再見，在它完成一天的使命之前，展露着它最美麗的風景。

整個天色盡是橙紅一片。

若非今天剛好晶石用盡，房間的系統重置成默認模式，她也不會再看到窗外那片風雪。

秦菲面色緩和下來，看着這與自己一頭修長橙髮互相輝映的天空。她緩緩坐在牀邊，始終盯着這片光幕。她下意識忽略了這夕陽只是一個影像，真正的現實是剛才那雪白的風雪。這片夕陽就像是一幅掛畫，擋住了凜冽的風雪與真實。

秦菲就這樣看着眼前的鏡花水月，然後躺在牀上，直至睡着。

這片夕陽卻彷彿永遠不會落下，恆久的存在，正如認知中的虛幻。

壹
皮斯
兄妹

對於所有奪晶部隊的成員而言，生活是苦悶、枯燥又乏味的。

作為一名出色的部隊成員，要爭取在模擬室最好的成績，並不代表每天只須麻木的前往模擬室進行測試。除了最基本的光槍技術訓練之外，各種體術的練習也相當重要。

雖然光槍乃是晶石大戰的主旋律，但各種近身格鬥技巧也舉足輕重。畢竟當雙方戰到近處，也不可能還拿着槍對射。這個時候，冷兵器便重新派上用場了。

大部分的隊員都會練上一或兩種比較順手的近戰武器，以作不時之需。

這三天，秦菲跟思思都沒有進入模擬室。因為她們早就得到團長的消息——與里昂隊伍一戰。

秦菲與思思雖長期位於排行榜榜首，但不等於她們會輕視里昂。或者說，秦菲從來不會輕視任何對手。哪怕馬拿安排的對手是排行榜末位的隊伍，她還是會認真地進行資料搜集，並分析其隊伍的優點與弱點。

這也是馬拿最欣賞秦菲的一點。

像里昂，再強也不過單純的戰士，並不會去分析、思考太多。但秦菲卻是理性到了髮指，就像一台精密的機械，不會出現甚麼錯誤。而到了戰鬥的時候，卻又能化身成最可怕的戰士。

◎◎◎

三天時間轉瞬即逝。

這天，秦菲與思思準時來到了登記室。

偌大的登記室，卻站滿了奪晶部隊的成員。他們很有默契的沒有進入模擬室，也沒有去訓練。因為觀看這樣的一場正式戰鬥，對他們的幫助甚至可能遠大於那些訓練。

里昂與秦菲。

不管眾人再不甘心、再不承認，這二人便是現今埃依比年輕一輩最強大的兩名戰士。那麼二人代表隊伍之間的戰鬥，就是奪晶部隊最高級別的戰鬥。

這樣的一場戰鬥，他們又怎麼可能錯過呢？

看戲的成員很有默契的站在外圍，抱手看着中央。

而被人群圍住的中央除了團長馬拿之外，就只有四人。

秦菲、思思。

里昂．皮斯、瑞秋．皮斯。

里昂是一名滿臉寫着反社會的黑皮膚青年，頭髮都綁成一條向上延伸的馬尾。而在耳朵上方剃得乾淨的左右兩邊，卻是整齊的刺了一系列的紋身。據說那是里昂出身的部族的印記圖騰，能夠賜予戰士力量。

而瑞秋同樣有一個手指頭大的紋身刻在左眼眼眸底下，看上去更添幾分可愛。她與里昂是兄妹的關係，只是與里昂不同。在奪晶部隊中，瑞秋那溫婉柔弱的性格卻是很受人歡迎的。

當然沒有人會把瑞秋真當作溫室小花般看待。

太多的人被她那柔弱的模樣所欺騙，最後付出了沉重的代價。

馬拿看了看四人一副準備就緒，方才點頭道：「戰場——深淵之橋。」

四人面色不變，作為模擬室中的常客，深淵之橋不是冷門的場地。因為深淵之橋本來就是從模擬最終與達偉爾進行晶石大戰時的戰場——末日之地當中截取的一部分。

而距離晶石大戰只剩下三個月的時間，任誰都看得出來這是作最後的收官。

大概這一戰便是決定誰來擔任晶石大戰的隊長吧。

「準備。」

在馬拿命令下，四人點了點頭，隨即通往模擬室。

目送四人走向廊道，馬拿仰首，看向那細小的晶石鏡頭。

只是在場所有人也沒有注意到，有一道身影悄然站在人群最後方，目光怔怔的看着光幕中那位橙髮少女。

「秦……菲嗎？」

◎◎◎

里昂冷眼瞟了秦菲一眼：「女人，這次我定要擊潰妳。」

秦菲卻是連正眼也沒有看他一下，逕自向前走着。反倒是身後的思思帶着可憐的目光看了里昂一眼。思思可是知道，以秦菲那冷靜縝密的心思，里昂這一番與秦菲爭勝之心，她怕是從來沒有在意過。

果然，看到秦菲彷彿沒有聽見他的話語，里昂的眼角抽搐就要發作，妹妹瑞秋連忙拉住了他。

雙方一左一右的拐彎，各自進入了備戰區域。

進入備戰區域後，秦菲從口袋拿出一條髮繩，把那頭修長及腰的橙色長髮綁成一條乾淨俐落的馬尾紮於腦後。思思則本來就是及肩的中髮，也免了這樣的活兒：「戰術方案都決

定了，有甚麼特別注意的地方嗎？」

秦菲熟練的走到備戰區域的中央光腦，右手按了幾下。

一幅光幕投射而出。

這是一條長約一千五百米，寬約五十米的大橋。

模擬戰的方式，與晶石大戰的條件一樣——擊破敵方的晶石營地。

但營地可不是任由人隨便攻破。

在晶石營地之前，有着最高科技的全方位掃射機塔。由於機塔以晶石為能量泉源，故又被稱為晶石塔。其射出的晶石之光，哪怕以最高端的防護衣也扛不了幾下。

而再隔約二百米的距離，各自有一個補充的營地，簡稱回復營。在裏面能夠補充所有的彈藥、防護衣及各種所需的晶石能量。而在回復營的前面，同樣有着一座晶石塔。

兩塔，兩營。

只要把這些統統擊倒拆毀，便是勝利。

◎◎◎

「里昂很強。」

思思聽到秦菲的第一句話頓時挑起了眉頭，想起若那可憐的里昂聽到，定會歡喜無比。

「但更可怕的，還是瑞秋。」

秦菲一指：「這是雙方的晶石塔。」

她操控着中央系統，劃出一條線。那大概是從回復營的晶石塔至中央廢墟的距離：「這是瑞秋的射程範圍。」思思看得暗自咋舌：「有那麼誇張嗎？」

秦菲面上仍然面無表情：「我觀察了她七十三場模擬戰鬥後，計算出來的極限射程，應該沒錯。」

聽到秦菲的說話，思思沒有再多說。畢竟她知道秦菲的性格，雖然口裏說「應該沒錯」，那幾乎已等同九成以上的把握了。

「正因為有着瑞秋的遠距離射程掩護，里昂才能如此肆無忌憚。」秦菲屈指一彈，立體投影光幕消失。她走到了備戰區域的武器庫，熟練的拿了兩柄零式光槍，在指間轉了兩個圈，熟練的插了在腰間兩邊的槍套。

零式光槍——並非甚麼特殊的裝備，而是制式裝備。相比一般常用的光槍，它的射速更快，而相對的是其威力略顯遜色。但這已經是秦菲用了四年的裝備。

而思思也從武器庫中拿出一根誇張的重炮。

多明尼克一型——同樣是軍方唯一的制式重武器，而重武器就代表消耗的晶石能量高。惟更先進的重武器，可不是她們現在有資格使用的了。

思思最擅長的便是重武器使用，她們之間的配搭也是類似於里昂與瑞秋，以思思為掩護及火力覆蓋，秦菲才是主攻手。

思思熟練的把重炮繫於身後，又抽出一把機關光槍MT8插在腰間，再看向了秦菲。秦

菲點頭：「上吧。」

她在系統按下準備完成。

「雙方準備完成，倒計時開啟模擬場地。」

「十、九、八、七……」

在倒計時的時候，剛才還在旁邊的系統及武器庫早就消失不見，取而代之的是空間彷彿不斷的擴張、變亮。二人面上從容，畢竟已經進入模擬室上百次，再新奇古怪也看習慣了。

「三、二、一。」

「模擬戰鬥開始。」

當秦菲與思思再次睜眼，四周已變得陡然不同。

首先撲面而來的，是冷。

狂暴的風雪撲打着，卻被無形的波動抵擋住。秦菲抬首，在二人身前足有數十米高的建築正是晶石營地。也正是晶石營地裏面那數千顆晶石能量轉化成的力量，抵擋住這本來早已不適合人類居住的惡劣天氣。

而他們所居住的城市，便是有數百上千座這樣的晶石營地，長年開啟着力場，才能夠令埃依比裏數百萬的人類得以苟且偷生。

「走吧。」秦菲率先而行，減弱了的風雪把她那頭橙色的馬尾吹得筆直，似是某種旗幟。

思思也是緊跟着她，二人飛快的向前奔跑。

很快便把晶石營地拋在身後，隱入風雪間。

貳
狂劍
里昂

深淵之橋的空曠區域，乃是一片連綿的廢墟。

遠遠看着前方的廢墟，秦菲也是有點恍惚，像是看到了那不堪回首的回憶。

他們路過一座殘破的雕像。

其臉龐也都被毀大半，只有那穿着長袍的身體仍然健全。下方的名字同樣有部分被歲月抹去：「……守恆，偉大的學者。」

二人均沒有太過在意。系統乃是取晶石光罩外的環境進行隨機模擬，若按照現實的話，這座雕像是否還存在尚是未知之數。

秦菲遙望着前方的廢墟遺址，或許是大戰在即，以往面臨戰鬥比較沉默寡言的秦菲罕

見的跟思思說起話來，突然開口：「思思，妳有想過世界為甚麼會這樣嗎？」思思一怔，覺得秦菲的狀態有點不對勁。怎麼突然就進入閒聊的節奏了？

「妳說的是甚麼？」

秦菲沉吟片刻。

「例如這一切。」她看着眼前種種：「氣候、廢墟及……晶石大戰。」

思思聞言一驚：「菲，妳不是要退出晶石大戰吧？」秦菲沒有答話，只是向前踏步，似在思考甚麼。

思思又急道：「我們這些年辛苦訓練，便是為了晶石大戰啊！」秦菲似是察覺到她的關心，柔色看了她一眼。以冰山女神為名的秦菲來說，這已是極其難得：「放心，我不是要退出。」

她面色泛過一抹茫然：「我總覺得，我像是忘了些甚麼重要的事。」旋即又回復冰冷：「這令我覺得我們在做的這一切盡是沒有意義。」

思思雖然聽不懂她的話，但在聽到秦菲不是要退出晶石大戰，也是連忙舒了一口氣。她沒好氣的道：「我腦子笨，是聽不懂妳的說話啦。對我來說，只要努力爭取表現，讓父母能過上好日子就足夠了。」她一邊說着，一邊勾住秦菲的胳臂，嬌笑開口：「當然，我的好伙伴將來若有甚麼想法，我自然會無條件支持。」

秦菲意味深長的看了她一眼：「無條件喔？」

似是察覺到她有半分懷疑，嬌小的思思如炸毛的貓似的跳起來：「妳不信喔！」秦菲內心好笑：「自然是信妳的。」思思見狀這才鼻子輕哼兩聲，表示滿意。

風雪間，二女嬌笑信步，彷彿此地並非即將展開大戰的戰場，像是連風雪都變得沒那般寒冷了。

◎◎◎

所謂兵貴神速，若被佔據了有利的位置，己方會陷入不利。這是最正常不過的戰法。越發靠近廢墟，秦菲也收斂起心神，不再胡思亂想別的，與思思一起加快速度向前跑去。

很快，二人已經走過己方的回復營及晶石塔，踏進廢墟之中。秦菲面色平靜，邊跑邊道：「等會小心點，根據里昂隊伍以往的戰績，里昂速度極快。偶爾會採取脱單而走的戰術，機率大概達百分之三十四。」

「若是碰到里昂，就按照二號戰術進行。」

思思點頭，對於秦菲，她已經是盲目的相信。

雖説目標是擊毀敵方的晶石營地，但其實真正的戰鬥多會發生在雙方首塔中央的空曠區域。因為晶石塔的威力極大，當然他們這些久經訓練的戰士能夠很好地應對，但這説的是在沒有敵方戰士干擾之下的應對。

若有着戰士配合，晶石塔還是相當可怕的存在。

所以雙方戰士多數都會在空曠區域進行戰鬥，若成功對敵方造成傷害並導致敵方需到回復營進行補給，甚至直接擊殺，那才能更有效的拆卸掉晶石塔。

廢墟區域遍佈不規則的地形，而這足有直徑數百米的廢墟，足夠讓不同性格、不同戰法的戰士進行他們擅長的戰術。

甫走進廢墟，不論是秦菲還是思思便徹底進入狀態，就像剛才那些女兒姿態都只是幻象。

秦菲看了思思一眼，後者瞬間意會，腳步一頓轉身就走。思思最擅長的是掩護與策應，而要實現這樣的火力覆蓋，首要的任務是找一個理想的制高點——視野廣闊沒有太多的視線死角，能供她任意發射火力的制高點。

二人未作停留，便分散開來。秦菲逕自向前走著，而思思則需要自行尋找適合她的制高點。

漫天風雪，哪怕有着廢墟建築作標記，還是很容易迷路。思思雖然看上去不及秦菲可靠，但終究是一名出色的戰士。只是想起自己孤身於風雪中，又不知甚麼時候會出現里昂那個可怕的傢伙……

腦袋裏胡思亂想的她，偶爾轉身想要尋找那一抹醒目的橙影。

所謂怕甚麼就來甚麼——

戛然，思思身旁左邊一塊遠古遺留下來的廣告牌被斬開兩半。晶石光劍泛起的藍光，把思思的臉龐照得一片深藍。

「菲！」思思頓時高聲呼救。

尖聲的呼叫壓過了虛幻的風雪。

遠處的秦菲聞聲，被緊身防護衣包裹住的修長玉足腳步如一隻雪豹，在雪地突然急停轉躍，幾步便跨過一片矮牆不見了。

◎◎◎

「我就知道妳會去找制高點！」此人正是里昂，他右手拿着一柄誇張的大劍。這也是制式的戰士晶石大劍，以晶石能量產生劍刃，能碎石斷金。若被砍上幾劍恐怕就要跟防護衣告別了。

而他的左手同樣拿着一柄光槍，於斬擊的同時不忘進行射擊壓制。

這也是里昂的風格——遠可攻，近更可怕，所以任何人巴不得與里昂拉開距離。因為近戰的里昂太過可怕，卻成就了里昂的妹妹瑞秋，給予她任意發揮遠程射擊的領域。

思思實力也很強，但這並不體現於近攻對決。近戰正是她的短板！此刻她左支右絀，二人交手十多秒，她甚至連抽出腰間MT8的機會也沒有。她已經快要支撐不住了！

「先擊潰妳，就等於斷了那女人的一臂。」里昂面上泛過一抹狂色：「着！」

轟！

大劍筆直的正刺，莫說思思這樣一個嬌滴滴的女孩，就是在部隊裏的其他男人看到里昂的劍都會心生驚駭。

嗡……

思思踉蹌後退，匆忙之下查看了防護衣的能量，赫然看到只在里昂一劍之下便扣了一大半！

大概整個奪晶部隊只有這樣一個男人會常用如此冷門的兵器。偏偏不能不承認，在如此近距離的戰鬥下，被里昂的大劍逼近本來就是一場惡夢，很多人連槍也無法拔出就敗下陣來。

思思也是被逼到了絕境，誇張的大喊着：「秦菲！妳再不來，可愛的小伙伴就要被砍死嘍！」

里昂咧出一陣獰笑：「死吧！」

與此同時，手中大劍斬過一抹藍影，劈向思思的腹間！

鏗鏗——

兩道不知從何而來的光彈，準確無比的擊中劍身。里昂只感握劍的手猛地一震，手中大劍也被震得歪了方向。

他下意識朝光彈方向看去，只見左邊一道爛牆的缺口閃過一縷橙影。

而那橙影還以駭人聽聞的速度朝這邊奔襲過來！

「女人！」

參
冷箭
瑞秋

「女人！」

里昂陰森的聲音響起，也不再執着思思。攻下思思為上策，但現在她也不是短時間內能找到適合的制高點。

這一番拖延，算是中策。

莫看里昂一副大咧咧毫無心計的樣子，他也是一名戰術大師。他與妹妹組成的戰隊參戰時，幾乎所有戰術都是由他設計的。畢竟單靠勇武是無法在部隊中存活的，更遑論長年排行在第二名之列。

現在那女人已到來，針對思思的機會已失去。既然如此……

他下意識看了某處，旋即向着秦菲筆直衝去：「讓我們來分個勝負。」

思思如獲大赦，毫不客氣的轉身就跑：「我跑嘍！」

秦菲遠遠看了她一眼，點了點頭，頃刻把目光落回身前的里昂。

里昂扛着那柄誇張的大劍，勢若破軍朝秦菲撲來，二人不斷接近着！

只是在走到特定距離，秦菲如早有預料般停下了腳步，雙手扣着扳機便開槍！

轟轟轟轟轟！

里昂只感無比難受！

不愧是那女人！

這個距離剛好是她手中兩柄零式光槍威力最大的射程！

秦菲最擅長的，便是雙槍。

無數子彈掃射而來，里昂怒吼一聲，手中大劍藍光大盛，橫在身前，竟是把大劍那晶石帶來的藍光當作盾牌！但秦菲面色平靜如常，就如里昂了解她的手段，她對里昂的手段同樣清楚。她的步伐不停，飄渺若仙，忽左忽右，反正不論里昂怎麼衝撞，二人之間的距離也維持不變！

「三、二、一……」

秦菲內心默念着，雙手陡然一甩。兩個空了的彈匣被她甩出，然後雙手往腰間一扣！

前後只不過兩秒左右的時間，她已換了彈匣！

里昂看得目眶欲裂，這女人有夠難纏！

這等匪夷所思的槍術，正是秦菲獨步整個部隊的依仗！

他深知再無法硬衝過去，連忙翻身找個破舊的建築土牆當作掩體。這種尋找掩護的動作對於總是直衝直撞的里昂而言，已算是一種屈服。

里昂深呼吸一下，看一眼自己手中的大劍。大劍並不是索取無度，以晶石能量衍生的激光刃，也代表消耗的同樣是晶石的力量。此番為了抵擋秦菲那如狂風暴雨的槍勢，已經消耗了將近一半。

他從掩體中探了探頭……

砰！

被風雪凍僵的掩體被擦出一道白粉！

里昂連忙縮回腦袋，若是剛才反應慢了半秒，打中的恐怕就是他的腦袋了！這等精準到令人髮指的射術……想到這裏，里昂也是有點惱火！

這女人怎麼如此變態！

他算了算時間，心情漸漸冷靜下來。

差不多了。

他深吸一口氣，手中大劍再次藍光大漲，翻身跳出！

砰砰砰！

毫不意外的又是三槍轟至，把豎立於身前大劍的那片藍色光幕射得搖曳不定。

「還有六發。」里昂低聲喃喃自語。

砰砰！

里昂也沒有閒着，借着這處廢墟的掩體，一邊到處躲避，一邊閃過這兩發攻擊。這時他也不甘示弱，掏出腰間的光槍，胡亂盲射着。偏偏他眼角瞥到外面的秦菲面無表情，對着他的盲射更是不閃不避。

可惡！

里昂倍感惱羞——這女人明知自己射術不精！

是的，里昂速度快、力量強，更有可怕的劍術。但他射術不精，配合着單手光槍進行近距離射擊已是他最拿手的了。而這種中遠距離的射擊便顯得太勉強了。

砰砰砰砰！

里昂再度走出來，但這次卻是四發射來，看得里昂大驚：「矩形點射陣！」

這正是一種高深的射術，以極快速度同時射出的四發子彈會呈矩形彈開去，幾乎封殺目標所有閃躲路線！

他不得不再次拿出大劍抵擋……

轟！

藍光霎時變得微弱，彷彿下一刻便要消耗殆盡！但里昂卻是低吼一聲：「就是現在！」

◎◎◎

不遠處，一座寒林中，雪霜掛樹。

細雪不斷灑落。

但在樹下，卻有着一個小雪人，看起來煞是可愛。

就在里昂一聲低喝的同時，這個雪人竟然微微顫抖隨即冒了起來，露出那甜美的臉孔。但與其臉龐不相符的，是她那冷漠平靜的表情。在她手中，握着一把大弓。

弓身呈複雜的構造，有無數電線纏繞不清。哪怕其弓弦，同樣是一根幼細無比的紅色電線。

只見她於背後的箭筒拿出一根細箭，箭矢的末端有着一塊細小的晶石。

當她抽箭挽弓的瞬間，弓臂上糾纏不清的一根根電線瞬間通電。

這竟是以箭身的晶石作能源！

瑞秋小臉一片肅殺之色，很難想像如此專注的神情會出現在一個小女孩的面上。她輕輕吐氣，在雪地中吐出一縷細煙；纖手幾乎同時鬆開，箭矢化成一道藍色的電光消失不見。

藍色的箭光如同從天空降下的雷電，以駭人的速度射穿了三扇牆、兩個破爛了的廣告牌、四扇窗戶，來到了秦菲的身後。

從瑞秋挽弓出箭，穿過各式各樣的障礙來到秦菲身後，總共不到兩秒時間。

但過於專注的瑞秋，沒有察覺秦菲在射出矩形點射陣的時候，那雙美眸漠然掃過了左上方的一面破鏡。

哪怕極遠，她仍然看到了。

更準確而言，從一開始秦菲便把一半的心神落在這邊。

比起里昂，她更加在意瑞秋的箭。

她是一個數據為本的人。在里昂與瑞秋的模擬戰鬥中，有高達六成的擊殺都是由瑞秋執行的，而這講的還單單是最後一擊。

若是計算對敵人造成傷害，瑞秋甚至佔了足足七成半，比里昂高上極多！

這種冷門的遠程兵器，已經甚少有人涉獵，因為射擊速度比起槍來得太慢。但所謂有得有失，弓的射程極遠，而且在晶石的增幅之下，威力甚至比起狙擊槍有過之無不及！

可這卻導致使用極其困難，放眼整個部隊也只有瑞秋一人精通弓箭之術。

只見秦菲的身子猛地向後一彎，整個人就像沒有骨頭般向下折去。

藍色閃電劃破空間，於視覺殘留的那抹藍影擦過秦菲的腰腹後刺穿數道牆壁沒入雪地。

「甚麼？」里昂大驚，這樣仍能閃過？這女人到底是人類還是怪物？只見秦菲正眼都沒有看自己的傷勢，身影一踏牆壁，那頭紮起了的橙色馬尾如同一道橙光，飛快朝着瑞秋的方向撲去！

「吼！」里昂大怒，連忙追上的同時，緊握的手槍也射出一道道藍光追擊秦菲。秦菲頭也不回，身體卻像是長了後眼般左閃右避，時而發力踩牆借力，時而朝雪地一滾，使本來已經射術不精的里昂壓根無法瞄準。

而瑞秋也沒有笨笨的蹲在雪地，轉身就逃！

秦菲最可怕的，就是她手中那雙最普通不過的手槍。她的觀察力敏銳，反應同樣敏捷。一柄手槍根本不足以把其超人的反應及觀察力發揮出來，而兩柄手槍卻是恰到好處地令她的槍術發揮得淋漓盡致。當進入中距離，也就是手槍的射程時，便是秦菲最可怕的地方。

在部隊中，人們戲稱為「女神領域」。

在「女神領域」中的秦菲，是無敵。

沒看到擅近戰的里昂在中距離被秦菲射得像狗般嗎？

是以瑞秋只能飛快的奔走，但也不忘還擊，時而扭身便是一箭。

其實秦菲並不輕鬆。

瑞秋的箭，對她造成很大的心理壓力。

雖然弓箭發射速度不快，但威力奇大。若是被打中一箭，防護衣上的能量大概瞬間歸零。而身後里昂的射擊看似沒有造成多大壓力，那是因為里昂是近戰的好手，在中距離秦菲能輕鬆壓制他。但當到了近戰，秦菲也沒有信心能夠擊敗里昂。

她此刻正是身後有着里昂逼近的威脅，卻又不得不與瑞秋拉近距離。若是被瑞秋在遠距離一箭一箭的這樣射擊，終究久守必失。這種以孤身應對兩大高手的壓力，換了是別人恐怕早就瘋了。

然而秦菲冷靜依舊，那雙眼眸平靜如秋水，其身法、步法、射擊，仍是一絲不苟。

肆
以一敵二

肆 以一敵二

在場外觀戰的人早已嘩然。

里昂、瑞秋，任何一個來單挑都是無比頭疼的對手。此刻秦菲竟然是旗鼓相當的以一對二，牽制着二人！雖然早就知道女神秦菲之強大，但強到這種程度，可是足以讓人絕望！

馬拿眼中卻是泛過一抹激賞。

他看得更深邃。

秦菲那出色的射術、反應等等，在他眼中沒有吃驚。他是誰？他曾真正參與過晶石大戰，更是帶領過無數奪晶部隊的天才少年。他有甚麼沒見識過？

真正令他驚豔的，是秦菲那如寒冰般的冷靜。她彷彿從來不會被情緒所左右，哪怕以一敵二，她也沒有半分影響，如機械般一環扣一環般做着她該做的事。

這才是最頂級戰士需要有的心理質素！

技術？反應？

這些都是能後天培養的。

但像秦菲這種心態，才是最罕有，也是最珍貴的！

◎◎◎

瑞秋那可愛的小臉盡是楚楚可憐之色，邊竄邊甩動着小手。

她抱着大弓速度始終不夠快，而速度可正是秦菲所擅長之處。逃跑未幾已然被追上，秦菲手中的雙槍甚至已經咆哮起來！

砰砰砰砰！

「嗚……」瑞秋還未喘得過氣，便聽到身後槍聲連連，於是連忙從腰間拿出一個圓弧的東西戴在右臂。她左手猛地一按，一張藍色圓盾擋在身前，把秦菲的射擊擋在外面！

「別無視我啊！女人！」

身後里昂同樣迅速，就在秦菲對着瑞秋射擊之際已從一倒塌了的建築物高高躍下，手

中大劍從天而降，猛地向着她劈斬而來！

來勢太快！

秦菲眼角只是瞥了一眼，便果斷放棄對瑞秋的射擊，一個滾身朝旁邊閃去。

轟！

高處落下的斬擊把雪地砍出一道劍坑！

這時秦菲已經站起來，左手射右、右手射左，雙手呈交叉同時向着瑞秋及里昂進行火力壓制！

「嘩——」

外面觀戰的人頓時喧鬧起來！

這還真是要一人打天下的意思了！

只憑女神秦菲一人就壓制了皮斯兄妹二人!?

當中有人搖頭。

他們大多實力都不弱，眼界自然更廣，看到的同樣更多。

「短暫的上風而已。零式手槍射速雖快，但威力略遜之餘，彈匣又能有多少？」

「皮斯兄妹並非庸手。」

「當秦菲更換彈匣時，哪怕她換得再快，那一瞬間的空檔便是里昂跟瑞秋的機會。」

◎◎◎

轟轟轟轟！

光彈如雨下。

正如他們想的一樣，哪怕秦菲看起來再凶猛，對手可是那對皮斯兄妹啊。

瑞秋也不傻，在拿着盾苦苦支撐的同時也在變更移動方向，利用她與秦菲之間隔着的一座小樓作障礙。筆直的彈道有部分被這座建築擋住了，使秦菲的射彈路線銳減。

須臾之間，壓力驟然消散。

沒子彈了？

里昂大吼一聲，向前撲去時手槍一併胡亂掃射。他不求擊傷秦菲，只求不讓她有換彈的機會。

但令他難以置信的是，秦菲竟然轉身就逃！

這還是那個女戰神嗎？

不是說好的不退不讓嗎？

「有種別逃啊啊啊！」

他速度極快地向前追去！

瑞秋在看到秦菲轉身逃跑的姿態同樣微微愕然，但她反應毫不遲緩，連忙架起大弓抽箭就要射擊。

碎！

就在這時，那果斷轉身、本來準備逃竄的秦菲卻又突然停下腳步來，右手的槍突然以誇張的幅度挪移，由本來下垂的位置一百八十度的甩向左邊！

時間彷彿變得緩慢起來。

藍光自槍口吐射而出。

但這道藍光竟是劃出一道微弧，更繞過了那座小樓。

這時，瑞秋還在挽弓搭箭。

她只來得及看向她的左邊，而那抹藍光已經來至。

轟！

一槍打在她身上，防護衣的能量頓時掉了一大截，而她的身形更被那一槍射歪了，連帶手中的箭也掉在地上不知滾到哪裏去。

◎◎◎

如果說之前秦菲那壓倒性的表現令眾人感到嘩然，那麼這一手直接就令整個登記室內觀戰的人們鴉雀無聲。

就連馬拿也禁不住從座位站了起來，眼中盡是匪夷所思的看着這一幕！

是弧線槍！

竟然是弧線槍！

弧線槍——在遠古時期就已是一種神奇的射擊技巧，那時只限於利用火藥的子彈，相對起來反而比較容易。

因為光槍利用晶石作能源，威力更強大，衝力自然更加猛烈；所以想要令光槍射出弧線，雖然根據力學是可實行的，但在無數年間經由多少天才強者測試過後，都認為這是不可能做到的事。

或許可以說，利用光槍射出弧線槍是一種近乎傳説的射術。

當傳説活生生地擺放在眼前，眾人根本反應不及，一個個風中凌亂，紛紛驚震無語。

馬拿更是看出了秦菲的膽大心細。

她停止射擊不是因為她用盡了彈匣，而是故意留了一發沒射，裝作逃走。當里昂與瑞秋想要反擊之時，她才施展弧線槍把最具遠程威脅的瑞秋射倒！

環環相扣！

◎◎◎

里昂性格大咧咧，正好因為她那一槍是繞過了遮擋住他視線的建築物，所以並沒有意識到眼前的是傳說中的弧線槍。他只知道要擊敗身前的女人！而秦菲這樣一停頓下來，便給了他機會追上！

一劍當頭劈下！

秦菲有點狼狽地側身一閃！

但里昂彷彿想要把剛才一直被壓制的濁氣吐出，左手如閃電般的收槍出拳！

噗！

這一記勾拳來得又快又狠，狠狠的轟在秦菲的腰腹！

「哼——」秦菲悶哼一聲，強忍着痛楚窘迫的快速後退。

防護衣只能抵擋所有涉及晶石力量的攻擊，像拳腿攻擊這種則不在列中。

「還能逃嗎？」里昂怒吼一聲，劍拳交加！

這樣專攻於近戰的人，整個部隊也只有里昂這樣的一個奇葩！

但偏偏所有人跟他近戰後都苦不堪言。

就連女神秦菲也不例外。

而這時，吃了一槍而停頓下來的瑞秋也顧不上震驚剛才那一記弧線槍。她看到哥哥已經纏住了秦菲，馬上準備挽弓搭箭。她的精、氣、神平息得極快，就像剛才中了一槍的人不是她。

嗤——

藍色的閃電呼嘯而過。

里昂咧出森白的牙齒，猛地把手中的大劍轉劈至拍，劍身像是一面光板般把秦菲的身體拍向一旁。幾乎同時，那道藍色閃電業已臨至！

如同霹靂！

轟！

秦菲的身形如沙包般倒飛！

豈料她在受到劇痛期間，還能抽時間看一眼自己的防護衣——果然一箭就足以粉碎自己的晶石防護！有夠可怕！

◎◎◎

在外面的人開始跟不上戰鬥的變化了——

自秦菲如女武神般以一敵二，在「女神領域」火力壓制二人，到後來連傳說中的弧線槍也出現了；但他們還沒有驚歎完之際，秦菲又突然化成被大灰狼摧殘的小綿羊，我見猶憐。

眾人的心情都不知道該繼續回味剛才那記弧線槍，還是該替女神感到可憐了。

其中一人不禁嘟囔：「整場戰鬥都是女神在控制大局嘛！那個思思真不知道在幹甚麼的。」

突然，在場的人一個個愣住。

對啊！

思思到哪裏去了？

伍 明星戰術

格。

「剛才不是很威風？」里昂怒罵出聲。倒也不是有甚麼惡意，這本來就是他的戰鬥風格。一劍一拳又是趕上了，但秦菲仍然冷着雙眼，左閃右避着。

而這時，瑞秋已經準備搭上第二箭了。

一箭破晶石防護。

第二箭便足以了結秦菲！

只是就在這刻，一道來自模擬室的聲音響起。

「里昂隊，第一座晶石塔被破壞。」

里昂與瑞秋同時一驚！

伍 明星戰術

里昂猛地轉身：「是思思！」

◎◎◎

細雪紛飛，那冒着黑煙的地方卻使飄雪瞬間消融。

轟轟轟！

思思看似笨拙地拿着重炮多明尼克一型開火，再以精巧的步伐閃過晶石塔射出的晶石之光。

確實重炮是一種相當適合作為火力覆蓋與壓制的武器，射程遠、威力大，更有轟炸的擴散之效。但設計這重火力武器的目的，其實是對付晶石塔及進行各種拆毀。

可以說重炮本來就是所有武器中，最適合拆卸的工具！

呼……

思思看了一眼在廢墟中冒着黑煙的破塔，還有那破塔後的一座小型晶石營地。她喃喃自語：「秦菲，妳可別先支撐不住啊！我可不是那兩個怪物的對手。」

她抬起手中那支誇張的重炮，對着沒有了晶石塔防護的營地開火！

轟轟轟轟轟！

未幾，又是一道聲音響起！

「里昂隊，第一座晶石營地被破壞。」

◎◎◎

「小秋！纏着這女人！我回去！」

里昂速度最快，此刻他歸心似箭，轉身就走！

「哥哥！身後！」

秦菲仍然不發一語。

代表她說話的，是她手中的雙槍。

里昂瞬間意識過來，只恨不得摑自己一記耳光！

因為自己的近戰壓制，才令秦菲沒有換彈空間。此刻聽到系統的聲音後心神一亂，反而給了秦菲換彈的時機！

轟轟轟！本來已經被消耗大部分能量的大劍再也堅持不下，光芒就此消散！

里昂罵了一句，把手中的大劍隨手一甩，然後拿出一片圓形裝置激活出圓盾，朝着秦菲靠近。

「改變計劃！妳去，我拖着她！」

◎◎◎

「太晚了。」馬拿下意識搖頭，面上卻又露出安慰的笑容。

從一開始，這一切都在秦菲的計劃中。

里昂長途奔襲，隨即故意讓思思以尋找制高點為由，容她離開。皮斯兄妹的計劃就是想二人合力先奪一人，這是典型的以多打少戰略，也是兩兄妹最擅長的戰術。

但當這計策用得太多，秦菲早就推測出來，並為這「固定戰術」設定了應對的方案。當確認里昂隊的戰術後，她便反其道而行——或者說是將計就計，故意孤身行險，以一人拖住皮斯兄妹二人。這同樣是經典的戰術——明星戰術。

以一打二，不是明星是甚麼？

而思思早早就獲得秦菲的指示，直奔敵方的晶石營地偷襲！

不論是秦菲待着不逃，或是故意用弧線槍打中瑞秋，一切都是為了令二人保持忙碌，把全副心神落在自己身上，忽視了他們以為是跑去尋找制高點的思思。

而這時，他們想要回身求援，秦菲又豈會讓他們如意？

果然，那驚豔的弧線槍再次出現，打在想要轉身救援的瑞秋身上，直接把她射倒。外面觀戰的人都看得幾乎要瘋了！一次還能說是運氣，但如此順手拈來說射就射的弧線槍，

還讓不讓人活啊！

雖然有防護衣，但弧線槍還是止住了瑞秋回援的步伐。秦菲身形連躍，如同一道橙色的閃光躍到了里昂與瑞秋二人的中間，左手對着里昂瘋狂點射，右手射向了另一邊的瑞秋。

兩手各自應對左右兩邊。

兩兄妹只能無奈的苦苦支撐。

沒了劍的里昂、沒有閒暇出箭的瑞秋，莫說是想要回援，甚至有被秦菲雙殺的可能了！

◎◎◎

秦菲隊勝利！

結果沒有出乎太多人意料之外。畢竟秦菲與思思的隊伍已經佔據了排行榜首位多年，哪怕皮斯兄妹再可怕，雙方仍然有着鴻溝之別，所以更多人看好秦菲。

但這次的戰鬥着實有太多看點——

不論是里昂算計以令秦菲落單；

秦菲將計就計讓思思「偷後門」的直闖敵方晶石塔；

瑞秋可怕的箭術；

里昂那反傳統的近戰；

弧線槍……

太多太多。

一時之間，在觀戰的部隊成員都七嘴八舌的討論着自己的看點，使整個登記室吵得像菜市場般。

只是當秦菲那漠然的臉孔出現在人前，眾人皆下意識的安靜下來。

那是對女神的敬畏。

那是對強者的敬畏。

所有看向她的目光少了兩分觀看美女的興致盎然，卻是添了三分敬畏。畢竟那可怕的中距離射擊壓制及傳説中的弧線槍，就足以震懾宵小。

一道隱於人群後方的身影，悄然的注視着那冷若冰霜的少女，面上卻是露出一抹複雜的神色：「真不愧……是他的女兒……」

◎◎◎

馬拿走了過來，又不着邊際的看了看上方那個天眼，心裏可惜着這次肯定錯過了那些老傢伙精彩的表情。他看着身前的少女，內心充滿信心：「好了，現在宣佈——晶石大戰

的參戰名單。」

眾人聞言下意識的屏住呼吸。

參加晶石大戰，是部隊中所有人的目標，也是他們唯一的驕傲。

在如此嚴峻的生活環境下，唇亡齒寒。能夠讓他們堅持活下去的，是晶石的力量。每次晶石大戰決定晶石的分配，背後更代表着數千、數萬甚至百萬計人類的性命。

哪怕在晶石大戰中送命，也是最驕傲高貴的死亡方式！事後更會被追封為晶石戰士，除了家人從此衣食無憂，其名字更會被刻在「逐晶者」的石碑上，流芳百世！

「秦菲，她同時是這次晶石大戰的隊長。」

馬拿沉聲道，秦菲面上平靜依然，彷彿那領導晶石大戰、名留青史的人不是她般。

「思思。」

思思握了握拳頭，但她可是很清楚，自己能夠入選不全是因為實力，只是因為與秦菲配合慣了，是秦菲最熟悉的伙伴。無論如何，這次獲選參與晶石大戰令她興奮無比——這代表自己父母終於能過上好日子了！

「里昂。」

里昂面色仍然難看至極，看起來像是還在反思剛才的戰鬥，壓根兒沒聽到馬拿的宣佈。

「瑞秋。」

同樣是一個沒有任何人意外的名字，即使里昂落選，眾人也認為瑞秋是必然能參加晶石大戰。畢竟她那驚人的弓箭，哪怕晶石科技如此發達，比起最頂級的晶石狙擊槍仍然毫不遜色。

這是最可怕的遠程射手！

「最後一位……」

馬拿目光掃視一眼，下方的少年們都緊張起來。

剛才的四個名字眾人早已心裏有數，毫不意外。但晶石大戰可有五人參加啊！剩下的一個位置，誰會內心沒半點想法？但馬拿最後卻說了一個令人意外的名字。

「陳少文。」

數道歡呼聲頓時響起，下一刻卻又戛然而止。只因陳少文是那麼一個普通又普遍的名字，部隊中竟然有六、七個陳少文！

馬拿無奈：「陳少文，是你。」說着，他的手指筆直的指向一人。

某個名不經傳的瘦弱少年走了出來，面上盡是難以置信之色的指着自己鼻尖：「我……我？」

馬拿點了點頭：「就是你了。」

霎時四周嘩然，有人不服怒吼出聲，然而馬拿的目光冷冷掃視了他們一眼：「你們沒有資格質疑，在部隊只有服從。」

「三分鐘內，盡數解散。參戰的五人留下。」

馬拿擺了擺手，算是把這次的人選一錘定音了。

秦菲、里昂等四人還好，他們分別排行榜首與二位，四人大有實力與條件參加。但陳少文卻是在無數人怒視下顫抖着，他只感覺自己是虎群中的綿羊，而落在他身上的視線幾乎要在他身上挖出幾個大洞。

陸
移動
迷宮

良久，人群四散。

偌大的空間中只剩下他們五人與馬拿。

馬拿沉聲開口：「晶石大戰的重要性，我就不用多說了。」

「距離晶石大戰尚剩下三個月時間，你們必須在這三個月內培養彼此的默契。不論戰術、配合、友軍的摸底，你們都要通通準備好。」馬拿的目光落在秦菲身上：「這一切，我們都無法給予幫助，只能依靠你們自己。」

秦菲仍然沉默木訥，但其餘四人還是知道，馬拿說的一切都是告訴秦菲的。看到這裏，里昂更是默默地緊握了拳頭，臉龐上盡顯不甘。

陸 移動迷宮

「今天先行休息。明天開始，你們五人直接到特別室報到。這三個月間，整座城市的資源都會向你們傾斜。有沒有問題？」

皮斯兄妹、秦菲與思思四人都沒有開口。

陳少文卻是顫抖着舉起手來，就連他事後也覺得自己怎麼有如此勇氣：「我……」

馬拿狠瞟了他一眼，那畏首畏尾的模樣實在令他有點生氣：「有甚麼就問！」

這聲暴喝嚇得陳少文退後了兩步：「我……我想問，為甚麼……為甚麼是我？」

馬拿沒有回答，卻是看向在一旁漠然不語的秦菲：「有甚麼就問隊長，你的名額是她推薦的。」

語畢，他轉身就走：「解散。」

馬拿離去，里昂第一個跳出來看着秦菲：「女人，我不管妳。妳有多強，我是承認了。但——」說着，他斜睨旁邊的陳少文。陳少文立時打了個冷顫，腦海中回想着里昂的種種傳聞——

這可是個吃人的傢伙，傳說在月圓之夜，這傢伙會化身怪物吃人……

想到這裏，陳少文彷彿眼前一黑。

「我不想解釋太多。」秦菲的聲音響起，雖然冰冷得像埃依比外的長年風雪，卻令陳少文從那種快要昏厥的狀態醒過來。她率先而行，朝着一座訓練室走去。

思思看着眾人吐了吐舌頭，尾隨秦菲而去。

里昂冷哼一聲，被瑞秋連拉帶拖的走着；陳少文在猶豫片刻後，還是跟了上去。

這座訓練室他們並不陌生。

因為這是專門進行基礎訓練的地方，平常這裏可是人山人海。作為一名戰士，身體強度可是基本中的基本。但因為晶石大戰的人選已經塵埃落定，其他的戰士都被解散回家，所以這裏倒變得空蕩蕩一片。

正如秦菲所言，她根本沒打算解釋甚麼。

有疑惑，就直接做出來好了。

只見她走到中央系統伸手控制，未幾，整座訓練室便顫動着的進行改變。最後變化出來的，竟然是一個如迷宮般的地形。

「里昂、陳少文，你們二人從這裏開始出發，不得攻擊對方，誰先走到終點便是勝利者。」

秦菲顯然很快進入狀態，呼喝起二人來一點也不客氣。陳少文還好，對於女神秦菲他就只有敬畏，但里昂則是眼珠子瞪着，似是下一刻便要捲起袖子出手打人。

秦菲冷冰冰的看着他：「你不是好奇我怎麼會選陳少文？你自己用肉眼去看。」

◎◎◎

二人站在起點上，前面便是迷宮的入口。

這是一個訓練模式，被稱為移動迷宮。除了路程不短、彎道極多，更會常常憑空出現各種阻礙，如爆炸、橡膠子彈。雖然都不會造成致命傷害，卻會影響速度。

對這個移動迷宮，里昂一點也不陌生，他可是這個訓練模式的紀錄保持者。他能穩定操縱強大的力量與飛快的速度，所以有良好的長途奔襲能力。就如比試時，他率先到達制高點埋伏，差點沒把思思瞬殺於劍下。

陳少文則是愣住，對於這訓練模式，他可是兩眼摸黑，一點經驗也沒有啊！看到他手足無措的軟弱模樣，里昂更加厭惡起來。

秦非只是平靜地站在二人身後：「這裏沒有外人，隨意發揮就好。」

她特別注視陳少文：「把你平常訓練的都展示出來吧。」

陳少文心中一顫，平常訓練？

她……

◎◎◎

無喜無悲的電子音響起：

「訓練模式：移動迷宮，準備開始。」

「五、四、三、二……」

「一。」

「開始！」

「嘿！」里昂速度極快，如一道黑色閃電般向前奔跑起來。相反陳少文的起跑並不算快，而且帶點跌跌撞撞，根本不能與里昂相比。里昂面上掛着冷笑，速度如行雲流水的閃避着各種陷阱、攻擊。

要説戰鬥技巧，他或者真不如秦菲。若要比速度，整個部隊都沒有人會是他的對手……

呼！

一道身影自他身旁掠過，似是對身前如雨打來的十多道橡膠子彈視若無睹，筆直地飛奔着。此刻的里昂已經顧不及去想為何這小子竟然速度暴增，他只在想：這小子瘋了嗎？

面對這幾乎充斥整條跑道的橡膠子彈，饒是他也得先避其鋒芒！

但就在此刻，他看到難以置信的一幕。

◎◎◎

秦菲的實力並非完全單靠天賦，她的練習極其刻苦。那種直覺、意識算是她與生俱來，但她那反應、速度、力量，全是她每天苦練而來的成果。

那天她訓練至深夜，才從訓練室走出來。

這時候的訓練大堂早已空無一人。

秦菲卻察覺到有一座訓練室亮着。

她悄然自門縫看去——顯然訓練室的主人也沒有想到這麼晚的時間，竟然還會有人偷看。

她看到陳少文站於一個圓形的訓練場上。

這訓練場名為「閃電反應」。

考的，正是反應。

呈圓狀的訓練場將會從三百六十度無死角的隨機射出橡膠子彈，以考驗其測試者的反應速度。而且隨着時間過去，其發射子彈的速度還會不斷提升。

然後她便看到那於天羅地網中翩翩起舞的身影。

也是自那夜起，秦菲便開始注意陳少文這個人。

然後她發現，陳少文竟然清一色進行速度、反應等等的訓練。或者說，這些訓練通通與保命有關係。饒是秦菲也是有點無語，這傢伙到底有多怕死啊？

正因為他向來不起眼，總是被人看輕，弄得他對自己也沒有信心。每次訓練都安排在深夜時間，而且所有訓練模式都沒有與系統連線，所以他的訓練成績從來沒有在排行榜上出現過。

那夜的身影，與眼前的陳少文契合。

面對着十多道看似無從可避的子彈陣，他姿態輕柔的左閃右避，腳下卻是踏着敏捷的步伐向前奔跑。實際時間只過去一秒，他便如透明般穿過了那十多顆子彈，繼續往前跑去。

里昂已經停下了腳步，面上仍然殘留着難以置信的神情。

剛才那從容的步法、如怪物般的反應……里昂自問他辦不到。

◎◎◎

秦菲沒有理會有點失神的里昂，逕自道：「陳少文的速度、反應，皆是上上之選。雖然戰力平庸，身體質素也很差，但他很適合擔任那個遊走的狩獵者角色。」

「晶石大戰照慣例是在末日之地舉行，同樣是分開三條路與廢墟。形式跟深淵之橋類似，以摧毀敵方的晶石營地為目標。」

「最終位置將會是，我走中路。」

「里昂與瑞秋走下路，二人互相照應。」

「思思走單人上路。」

「陳少文乃狩獵者，三路遊走並聽我的命令，四處支援。」

思思聞言面色都變了：「菲！我怎麼會走單人上路？我……」秦菲擺了擺手：「我自有分數。」

「從今天起，你們各有獨自的訓練。」

「陳少文，你需要的是基礎射擊訓練、近戰格鬥及其餘有關戰鬥、負重的訓練。我已經找了三位教練，以專門性的三對一形式替你進行訓練。」秦菲微微一笑，只是在里昂、思思等人看來，那根本就是惡魔的微笑：「保證你一個月內完成訓練。」

「思思，妳的訓練是——與里昂單挑。」

思思面無血色：「菲，妳……」

秦菲沒有理會思思那一臉可憐相，寒着臉道：「現在辛苦，總比在戰場上送命來得好！」里昂這才從剛剛陳少文那非人般的反應醒來，看向秦菲：「女人！」

秦菲直接就打斷了他：「我知道你想說甚麼。你替思思訓練的代價，便是每天與思思戰鬥後，讓你向我挑戰一次。」

「直至你戰勝我之前，你都必須每天與思思訓行戰鬥訓練。」

里昂嘴巴張了張，最終還是沒有吭聲。畢竟秦菲很了解他，他唯一想要的就是戰勝秦菲，證明他才是最出色的。

秦菲的條件，他無法拒絕。

「我呢我呢？」瑞秋跳了出來，可愛的指了指自己鼻尖。

秦菲深深看了她一眼：「妳……自由活動吧。」

瑞秋一愣：「啊？」

秦菲很直接的道：「妳已經沒有甚麼缺點。真要說的話，就是生存能力較弱。只是妳將會與里昂同走下路，有着里昂的照應，風險將會大大的降低。反而妳需要的，是更大限度地提升妳的射術。」

「妳回想一下，哪怕有着里昂的配合，妳也只有一箭射中了我。原因不是妳射術不夠精準，而是……妳對自身的殺氣隱藏得不夠深。」

「對於射術的提升、殺氣的隱藏，這些都是無法通過一般訓練解決。」

「妳只能靠自己。」

瑞秋面上露出若有所思的神色，真要說天賦，她比起自己的哥哥里昂還要高。在秦菲這一番指點過後，她隱隱捕捉到甚麼，便一聲不吭的走到角落思考。

秦菲看他們的訓練都安排好，便拍了拍手掌：「都走，該幹甚麼的就去。」

這時，三個彪形大漢 —— 或者說是三個教練已經走了進來，把愕然站在原地的陳少文硬生生拖走，只傳來陳少文可怕的慘叫聲……

柒
出征
前夕

柒 出征前夕

秦菲在宿舍的房間中，十指於腕間天訊儀投放出來的虛擬鍵盤飛快的按動着甚麼。

良久，一個紅色的警示圖案彈了出來：權限不足。

她面露若有所思之色，揮了揮手把所有光幕都抹去，看着「窗外」夕陽的景色默然無語。她現在的身份權限已經很高，畢竟身為準備出戰的部隊隊長，她需要查看很多資料以幫助埃依比從晶石大戰中取勝。

嚴格來說，她現在的權位大概只比十祭司的級別低而已。

縱是如此，每當她想更深入的查看晶石資訊，卻仍顯示權限不足。例如她只能看到晶

石能量怎麼運用的原理及技術，至於晶石由來、構成等等都無法查探。

她揉了揉眉心。

從小在埃伊比的孤兒院裏已沒有學習過有關這類的知識，課本往往只訴說着世界曾經有多灰暗，而晶石就像深夜裏的燭火點亮了光明，是晶石的出現拯救了世界。除此之外，便是逐晶者的重要性，每一個人都要以成為逐晶者作目標，並以此為榮……

她看着眼前的虛幻，目光似是穿越了空間，落在整個世界。

世界是一塊未拼湊完成的拼圖。

缺少了的那一塊，她怎麼找都找不到。

突然，她腕間的天訊儀顫抖起來，使她面上的迷茫、思索之色盡去，只餘冰冷漠然：「我是秦菲。」

「秦隊長，我是喬剛。」

秦菲一聽便會意：「我現在就來。」

◎◎◎

一個月的時間，對於陷入瘋狂訓練的五人而言，絕對不長。

當然，這也是按個別人員來說。像陳少文在這一個月，面色都快如白紙般。只是與其

不相符的，是肉眼可見的體形壯了一圈。

馬拿所言不虛，這一個月對五人投入的資源，幾乎都是以往的十倍以至百倍。除了三名專門針對陳少文的教練之外，給他吃的無一不是最珍貴的食物，務求令戰士有着最充足的營養補充體力。

相反的是，本來體形不算瘦削、略顯豐滿甚至有點小肉的思思，卻是直接瘦了一圈。里昂可是聞名的戰鬥狂，其獨步整個部隊的近戰劍術可怕無比。要思思這樣一個弱質纖纖的女子扛着重炮跟他對戰，對她來說與地獄無異。一個月以來，她從沒有撐得過三分鐘。

而瑞秋則沒有獨特的訓練，整天只躲在角落抱着弓，不知道她在想着甚麼。

但這天，他們的訓練都停止了。

因為武器研究部的人員到來，為他們送上每個人專用的武器。

◎◎◎

到來的是一名青年，身披研究所白袍的他，面上仍然帶有狂熱。他是喬剛，是武器研究所的一名天才成員。這次參加晶石大戰的武器，全部都是他在參考眾人所有戰鬥影片後，一手設計出來的。

率先展示的是一柄巨大的光劍。這把光劍比起里昂常用的制式光劍還要大上一個號：

「按照你戰鬥的風格，光刃擁有兩個模式，分別是殺戮模式及防禦模式。」

喬剛很努力地想要把大劍拿在手中，只是那氣喘吁吁的樣子，明顯有點太過勉強。劍柄上有兩個按鈕，在按下紅色的按鈕後，那透過晶石能量發出的光刃凝聚、修長起來，隱隱帶着一抹鋒芒。

而當他按下藍色按鈕後，光刃的劍身卻是變得寬大，驟眼看去不像劍，反倒像一面盾牌。

喬剛把劍扔給里昂自己去研究，便急不及待拿出第二件武器。

「第二件武器」其實是一系列的套裝，這套裝備是按秦非給予的意見設計。

「因為陳少文沒有實戰的影片，於是我參考了秦非隊長的意見。」

他拿起了一條腰帶：「這條腰帶用的是磁浮減震技術，使用腰帶後任何負重都會減輕至少一半。」然後他又執起一個巴掌大的芯片：「這個是自發性反應防禦芯片，裝備後會自發抵擋三次致命攻擊。以我們現在的資源及技術，最多只能造出一塊——給你了。」

陳少文聞言一個激靈，下意識看向了秦非。秦非只是面無表情的仔細檢查着裝備。

喬剛拿出一柄手槍續道：「這支光槍改良過，加了輔助瞄準系統，應該能增加你一點命中率吧。」

「最後是這柄狩獵者必備的獵刀，廢墟中會有各種阻礙，獵刀是必備的工具。」所謂獵

刀，是一柄類似開山刀的短刀，只是刀身同樣有着晶石能量的光刃，鋒利無匹。這自然是所有狩獵者的基本武器。

看着陳少文那激動的表情，秦菲知道他在想甚麼，只是冷冰冰的補充道：「屆時你的定位將會是全方位輔助、補給的狩獵者，其間你將會背負我們每個人的補給，包括晶石、彈匣、特製的弓箭……可以說，你背負的重量會比你自己的體重還要重上數倍。」

「你背的，是我們的性命。」

「所以你不需要感動，因為防禦芯片保障你性命的同時，也是在保障我們的性命。」

秦菲如陳述着某種事實般冰冷至極，只有對她最為熟悉的思思暗自搖頭，畢竟思思深知秦菲是個外冷內熱的人。

陳少文是她選上來戰場的，她認為自己有保護這傢伙的責任。

若秦菲不是這種珍惜伙伴的人，思思又豈會死纏着秦菲要跟她組隊，至今不離？

「重炮，多明尼克五型。這玩意就真的是戰場的大殺器，哪怕我們整個埃伊比也不過三把。」

思思已經喜滋滋地摸着這根重炮——暗藍色的金屬表面，磨得圓滑卻是作了磨砂處理，外表不反光。整根炮身看上去，就像戰場上的殺神！

在思思拿着重炮自顧自去熟習後，喬剛突然興奮起來：「對於冷兵器，已經很少有人接觸。」他拿出了一柄長弓來，與其説這是長弓，倒更像一件科技武器。弓身以金屬組成，表面卻是纏滿了紅的藍的無數電線，只預留了吋把位置安裝一個乾淨的黑色皮革柄手，這摸上去還真有點舒服。

而在弓身兩邊末端，則是兩顆指甲大小的晶石。喬剛嘿嘿一笑，握着弓身的柄手猛地用力，兩顆晶石頓時生出一根連接在一起、以能量組成的弓弦。

「這弓可是需要特殊護指才能使用。根據我的計算，使用晶石能量作弓弦，弓箭威力至少提升個三成。」

瑞秋逕自接過，同樣一雙眼珠子眨巴眨巴的，顯然很是好奇及滿意自己的新武器。對於一名戰士而言，武器就是他們第二生命，就像男人對美女的渴望，那是發自內心的追求。

「最後便是秦菲隊長的武器了。」喬剛呵呵一笑，從箱子掏出兩柄槍：「馬拿祭司可是吩咐了，妳的武器一定要改良好。」

「零式光槍·改。」

「知道秦隊長妳最擅長的便是中距離火力壓制，所以才偏好零式光槍那射擊速度。我們沒有改低射擊速度，也沒有提升光槍的威力。」

「我們主力修改的，是彈匣的數量。」

「本來最多只能發射二十四發子彈，但經我們改良後，能夠射出五十發才空彈。除此之

外也有根據秦隊長的身形改良槍身的形狀，降低了射擊反動力。若數據推算沒有錯誤，秦隊長用這兩柄零式光槍．改後，其射擊速度能再次提升三分一。」

說着，他面色興奮至極，像是他即將使用這些全新兵器，在晶石大戰與達偉爾那些蠻人來個生死交戰！

秦菲接過了兩柄光槍，在手中掂量掂量，入手的瞬間便感到五指與槍柄完全契合，就連槍柄的微微弧度都與她五指的厚度一模一樣，這是真正度身訂造的兵器！

突然她雙手翻飛！

砰砰！

他們駭然看着兩道弧光自眾人身邊繞過，射中不遠處的標靶。

這……竟然是二連弧線槍……

秦菲點了點頭，面上罕有地露出滿意的神色：「很不錯。」

喬剛乾笑了兩聲，悄悄地抹了一把汗。剛才有一槍可是從他肩膀擦過，彷彿還感受到那光彈擦身而過的火熱……

他不禁打了個寒顫。

看來這些打打殺殺的還是不適合他。

◎◎◎

接下來的一個月訓練沒有了那瘋狂的嚴苛，更多的是讓眾人熟悉着自身的新裝備。按照秦菲的說法，起碼要將裝備熟悉得如臂使指、如同身體的一部分才算合格。

這段時間，他們在秦菲的淫威之下屈服，甚至在睡覺的時候都抱着自己的武器及裝備……

一切盡在秦菲的掌握中。

她的訓練鬆弛有度、環環緊扣，馬拿甚至懷疑秦菲是否甚麼妖孽。

像第一個月訓練的，全是各種基礎的練習；

第二個月則是放鬆的同時，給他們熟悉裝備；

而最後的這一個月，便是團隊訓練了。

模擬戰的對手，全是奪晶部隊曾經的成員。他們雖然最終沒被選上參加晶石大戰，但每人都有自己熟悉的領域。初時還是能令他們焦頭爛額，但這正是秦菲想要的。

隨着無數的模擬戰，他們的默契也在直線提升着。

就這樣，三個月過去了。

是夜，宿舍。

皮斯兄妹感情很好，哪怕以他們在部隊的成績早已可以擁有獨立宿舍，卻仍然堅持住在一起。

一室皆黯。

里昂突然開口：「睡了嗎？」

「嗯。」聲音拉開、帶着迂迴曲折，說明瑞秋還沒睡去：「哥哥，我怕。」

「嗯。」換了是里昂堅定的短音。

這次不像他們之前的模擬訓練，而是真正的戰場實戰。在模擬室他們可以死，因為死了可以重來——現實卻沒法重來。

瑞秋怯生生的聲音響起：「聽說達偉爾那邊的人茹毛飲血，打起架來很凶，殺人不眨眼。」

里昂嗤之以鼻：「再凶能及我凶？」

瑞秋陡然一窒，像是想通了甚麼：「也對啊。」

這下反是里昂有點無奈，自己真有那麼凶喔？

「我也怕。」

「但我們的姓氏是皮斯，從來為和平而戰。」

里昂一直睜開眼睛，看着黑漆漆的天花：「就像平時模擬戰，我永遠都是衝在最前頭。但那是因為我知道，我那個天才的妹妹會用她的弓與箭守護在身後，我才能無所畏懼。」

「單獨的小秋自然很弱，單獨的我也很弱。但若我們配合起來，大概只有那變態的女人才能令我們無可奈何。」

聽着那句繼承着部族精神的話及哥哥的認可，漆黑之中，瑞秋露出一抹甜甜的笑容：

「哥哥，你甚麼時候要跟秦菲姐姐表白啊？」

黑暗中，響起里昂氣急敗壞的聲音：「呃……妳這小丫頭在胡說八道甚麼！」

瑞秋嬌笑兩聲：「哥哥晚安。」

「……晚安。」

◎◎◎

秦菲獨自坐在模擬室。

此刻室內模擬的，仍是那樣的一片夕陽之景。

她坐在地上，看着眼前的夕陽。海浪濤聲陣陣，偶有海鷗飛過，傳來道道鳥鳴。

她發怔不語。

只有此刻，那如機械人般的女神秦菲，才顯得那般柔弱。

「菲？」

秦菲聞言一怔，轉身看去。只見思思身穿寬大的睡衣，懷中還抱着一隻大熊布偶：

「妳怎麼還不睡？」秦菲微微一笑，大概只有對這個如妹妹一般的思思，她才會露出漠然以外的其他神態：「還睡不着，妳呢？」

「我準備去睡了。剛才……有點緊張，再去檢查一次重炮。」思思抱着布偶坐在秦菲旁邊：「在想甚麼呢？」秦菲搖了搖頭，沒有吭聲，腦袋卻一直想着那個權限不足的提示，內心總是覺得有點不對勁。

思思沒好氣的盯了她一眼：「妳這傢伙就是喜歡把所有事情都往身上扛。」

秦菲呵呵一笑，摸了摸她的腦袋：「沒有。妳說過的，我可是有個會無條件支持我的好伙伴呢。」思思這才嘿嘿一笑，露出滿意之色：「知道我厲害了吧。」說着，她便站起來，把布偶塞進秦菲的懷中：「這可是我的睡友，現在讓它陪妳了。早點睡吧。」

秦菲看着懷中的大熊布偶，哭笑不得：「謝謝妳。」

當思思走出模擬室之際，她看見有一道偷偷摸摸的身影，也不禁好氣又好笑。只是想到自己也緊張得睡不着，就說了一聲：「想進去就進去吧。」語畢，她便轉身離去。

那身影撓了撓頭，像是在猶豫，最終還是硬着頭皮走進模擬室去。

「隊長？」一道試探的聲音響起。

秦菲面上那柔弱之色盡去，變回那般漠然：「嗯？」

一道身影走了出來，正是陳少文。他面上有點畏懼：「呃……抱歉，我睡不着，所以想要出來練習一下……我這就離開。」

「不用。」秦菲指了指身旁：「坐下。」

陳少文吞了吞唾沫，小心翼翼坐在她身旁。

不得不說，對於這個高冷、美豔，如同高不可攀的女神般的隊長，他可是不敢生出任何非分之想，更多的是又敬又畏。他偷偷看着秦菲傾城的容顏、冰冷的神色……再瞄瞄她懷中那個可愛的大熊布偶，強烈的反差令他內心生出古怪的感覺。

就在這時，秦菲的聲音乍然響起：「明天便是生死之戰了。」

「可能會死的。」

秦菲看向陳少文：「你會怕嗎？」

陳少文聞言一愣，隨即搖頭：「我不怕。」這下反倒令秦菲愕然：「喔？」陳少文同樣看向那片夕陽：「我自小便庸碌無為，也只有跑得快才被選進奪晶部隊。根本沒有想過能夠成為『逐晶者』，參與晶石大戰。」

「比起庸碌無能地活下去，我更仰慕逐晶而死的勇者。」

「是隊長妳給了我第二個人生。」

「比起死亡，我更怕令隊長妳失望。」

秦菲不由得微笑，這一笑足以傾倒眾生，看得陳少文發怔。

「你知道嗎？狩獵者是晶石大戰其中一個相當重要的角色。它不屬於三路主戰場，但卻需要同時分身兼顧。」

「速度、反應、勇氣、大局觀……缺一不可。」

「若非找到你，這個角色本來就是由我來擔任，而里昂走中路。」

「但你，比我更加適合擔任這個角色。」

「這代表着，我對你的信任。」

秦菲拍了拍陳少文的肩膀：「一起勝利，然後活下去吧。」

陳少文內心是暖烘烘的，甚至都不知道秦菲是甚麼時候抱着大熊布偶離去，他只是怔怔的看着這片夕陽，彷彿怎麼都看不夠。

捌
末日之地

捌 末日之地

翌日。

五人立於廣場中央。

圍在廣場的人，數以萬計。

有的單膝跪地，低聲呢喃着，似是替五人祈求着甚麼；

有的摘出鮮花與瓜果；

有的只能以呼喝叫好的聲音以助威，去餞行。

因為這一天，正是晶石大戰的日子！

在這邊餞行過後，便會直接使用晶石傳送技術，傳送到戰場之上。

秦菲的眼眸掃過人群，卻是戛然定住。自人海中，她似是隱約看到一抹身影隱於其間，凝望着自己。當她想要尋找那身影的主人之際，已是再無蹤影，彷彿那只是幻覺。

出現在廣場的並不單單只有平民，就連埃依比的十位祭司都在場。

走上前的是馬拿，因為馬拿是掌管奪晶部隊的祭司。此刻，馬拿手中拿着一柄古樸的長劍，輕輕將劍身逐一搭過五人的肩膀。

那是埃依比對戰前勇士最崇高的祝福。

馬拿把目光落在絕美卻漠然的秦菲：「在晶石大戰中，只有生與死。戰勝吧，存活吧。」

秦菲平靜點頭。

渲染着四周的喧鬧和熱情，飛散在空中的鮮花與瓜果，剛才那如幻覺的人影盡數自腦海中退散，全都沒能令秦菲動容。

只是雙眼一閉、雙耳一靜，便自成天地。

看到秦菲如此心性，饒是馬拿只能沉默感歎。

「出發吧。」馬拿向旁邊操控儀器的人點頭示意。

整個廣場瞬間亮了起來，四周的歡呼聲同樣響到了極致。那是對戰士最後的壯行歌！

略顯畏縮的陳少文；

既興奮又害怕，向自己父母含淚灑別的思思；

一臉張狂、鼻孔朝天的里昂；

同樣帶着害怕、怯生生的瑞秋；

及冰冷漠然，如沒有情緒的秦菲。

五道身影，在廣場的晶石能量包裹之下，化成了五道藍光沖天而飛，直奔南方而去。

那是……

晶石大戰的戰場——「末日之地」的方向。

◎◎◎

看着五道光芒破空離開，有抹一直藏於人海之後的身影竄動。那人戴着兜帽披風看不清的臉龐上，露出一抹擔憂之色。片刻間，他似是決定了甚麼，悄然向人群外走去。

只見他一路向外走，甚麼監測器、埃依比的晶石防護罩之類，對他形同虛設。

他就這樣一路走出了埃伊比。

茫茫風雪當中，身影默然立於雪山之巔。

他向前扔出一個拳頭大小的木球，木球於落地的瞬間變化成形，如戲法一般化成修長流線狀的木板！很難想像這樣一塊偌大的木板只是由拳頭大小的東西變幻而成！

他一躍落在木板上，自雪地之巔滑了下去。

風輕輕拉起帽子，那張焦急的臉終於從帽沿露了出來，還有那一頭修剪得極短的橙髮！

「妳可千萬不要有事啊……」

他一路風馳電掣，方向赫然直指「末日之地」！

◎◎◎

光芒劃破天際。

被藍光包裹住的秦菲，仍然清晰看到外界的風光。

她目光落於下方。

當她俯視地界，便看到地形方正，其邊緣有着高大的牆身包裹住——這簡直就像古代所說的鬥獸場。場中彷彿從對角分開兩半，一半通體火紅，炙熱如火；一半則是冰藍，寒風滲骨。

秦菲那雙美眸瞳孔微縮，她看向天邊。

只見五道紅光同樣從空中飛來。

那大概就是達偉爾的戰士吧……

雙方沒有交會，五道藍光朝向寒冰的世界，五道紅光則直面火紅的世界。

以「末日之地」為中心，便是埃依比與達偉爾交匯的中間點。

北方之寒，西方之烈。

以此作為晶石大戰的戰場，算是最合適不過了。

噗噗噗噗噗——

五道藍光落於位於角落的圓陣中。

準確無比。

秦菲極目看去，與資料一般無異。

雙方各有一座晶石營地，同時也能進行資源補給，所以一場晶石大戰往往能夠持續數天甚至數十天。除此之外，分別有着三條通道與敵方陣營連接——上、中、下共三路。

每一路上，更有着各自兩座共六座的全方位掃射機塔。

只有把其中一路的全方位掃射機塔拆掉，才可以沿着該路攻擊敵方的晶石營地。

而於三路之間有着無數險地及廢墟，這都是上古殘留下來的遺跡。那些遺跡被稱為「野區」，也就是狩獵者們的世界。穿過野區，便能夠輕易到達三路任何一處，當然前提是穿越那些險峻的野區障礙。

◎◎◎

「規則不用我多說了。」秦菲把一頭橙髮紮成長長的馬尾，那英姿颯爽的風采，看得陳少文面色微紅。

只是秦菲面色仍然平靜：「一如以往，我走中；思思走上；里昂、瑞秋兄妹走下；陳少文，狩獵者。」

「這次，不再像之前的練習般，擁有海量的數據讓我分析。」

她指了指自己耳邊那個細小的裝置：「若遇上任何事情，哪怕任何有關於敵人的細節，都直接跟我說，不要有任何猶豫地聽從我的命令。」

「令行禁止。」

「想要贏，就相信我。」

「我不保證能保住你們所有人的性命，但至少我會盡我的全力。」

嗤嗤——

兩柄光槍落在她手中，眼眸掃了四人一眼：「小心，然後出發。」

另一邊廂。

這裏是火紅的世界。

五道身影落下。

當中有男有女，只是不約而同的穿着很簡單的衣服，甚至連最基本的晶石防護衣也沒有，就像隨便將一些衣布擋住了身體的重要部位。

其中一名男子長相清秀無比——若忽視自左目一直延伸到右臉那條猙獰的傷痕。他的聲音同樣很細，很輕柔：「是時候狩獵了。」

另外四人嬉皮笑臉，彷彿壓根兒沒有把這場所謂影響世界的大戰放在眼內。殺戮，於他們而言只是家常便飯。

在達偉爾，選出參加晶石大戰的人方式很簡單。不像埃依比擁有模擬室及精良的裝備，他們只是直接將一千位孩童，困於一座叢林五年。

最後活着出來的五位，便是參加晶石大戰的人選。

在進入叢林之前，他們沒有名字，只有銘刻在手臂的數字作為代號。而在最後倖存下來的人，才有資格替自己命名代號。

殺人？

那五年間，他們不斷的殺人。

殺人就像是吃飯喝水般簡單的事。

「不用我吩咐了吧？自行分散開來，保持聯繫。」

呼呼呼呼——

四道風聲，悄無聲息的吹起，然後散去。

只剩下那清秀卻帶着一條猙獰傷疤的男子。他這條傷疤時是當年在叢林中遭五人圍攻時，被晶石射線劃過的傷痕。最後那五人都死了，他反而活着，並成為代表達偉爾出征晶石大戰的隊長。

他是芻狗。

天地無心，他卻視萬物為芻狗。

「埃依比嗎……？不要讓我失望。」芻狗微微一笑，只是笑容牽動到他的傷疤，就像一條在臉龐蠕動着的蜈蚣。他腰間只有一柄短刀，只是那刀柄上是用一塊被血染過的布纏住。

自五年前進入叢林，他便獲得這柄短刀。直至戰前，也只是讓人將其強化而已。

也不見他有任何動作，身影便化成一抹血影消失不見。

◎◎◎

秦菲飛快走上中路。

就算她不願，那頭橙髮彷彿在宣示着她的存在，只要遠遠便能夠看到她。

整條中路就像一個古怪的地方。

自走出晶石塔後，那寒冷的氣息便漸漸減退。相對的朝敵方陣營一看，那火紅的氣息

同樣漸漸減弱，彷彿這條貫穿敵我兩方陣營的路線，便是那嚴寒與火熱相互衝突、相互消融的地勢。

秦菲沒有妄動，小心翼翼的把身影隱入路兩旁的廢墟中，算是隱於野區與中路的邊緣範圍。

就在這時，一道身影大咧咧的走出來。

身影壯碩而高大，目測足有兩米之高，赤着上身露出精壯無比的肌肉。他身後則背着一道巨大的盾牌及一柄大刀，就這樣筆直的向前走着，嘴裏竟還哼着歌，輕鬆自如。

秦菲眼眸精光一閃，看到敵人如此鬆懈，她也沒有任何猶豫的衝出，雙槍咆哮！

砰砰砰砰！

槍聲甫響起，剛才還輕鬆哼着歌的大漢反應快如閃電，剎那間便把身後的大盾抽出，擋在身前！也不知道這看似平凡的大盾怎樣製作，竟然在擋住四槍後絲毫無損！

「小娃娃，妳就是我的對手了吧！」

男子哈哈大笑，同時把大刀拿在手中。

轟！

大刀轟擊在地面激起一陣塵土！驟眼可見，大刀似用某種野獸的骨骼製成，只是那刀身卻是帶着一層紅色的光芒。秦菲知道，埃依比與達偉爾雖然同是使用晶石作能源，但或許因為地勢不同，達偉爾的晶石能源表相是呈紅色的。

「我叫狂妄。」狂妄那握着盾牌的手拍了拍胸口，露出一口白森森的牙齒：「別跟我說妳的名字，我對死人的名字沒有興趣。」

「現在，就讓我們互相廝殺吧！」

狂妄眼眸泛過殘酷的精光，一刀一盾，甚至連遠攻武器都沒有便衝向了秦菲！

秦菲面上漠然無色：「狂妄嗎？真沒改錯名字。」

◎◎◎

下路，皮斯兄妹同樣警惕地向前走着。

里昂握住手中大劍，腰間插着光槍。他與妹妹相視一眼，然後二人各自點頭。瑞秋便提着大弓走到一旁，也不知道跑到哪邊隱藏身影起來。

里昂孤身向前走着。

沒有走到幾步，已看到身前出現一道身影。

他定睛看去，身前是一個女人。

女人同樣身上穿着單薄的衣服，一條貼身的短褲把她那雙充滿爆發力的大腿露出來，她的腰間則是整齊的掛住五個直徑半米左右的圓環。但她就這樣抱手而立，在看到里昂的那刻更笑了起來，喃喃自語：「真是個帥哥……如此野性，我喜歡呢。」

里昂還沒有反應過來，便看到對面那女子在向着自己揮手。

「啊？」

他不知道這不是熱情的打招呼，而是一次告別。

視角移至達偉爾下路的晶石塔後還要再遠上百米的一處廢墟上。

這廢墟或許是某座被毀掉後的大樓，只剩下零丁的尖角自地面冒出。而此刻這個斜斜的尖角位置，竟然有一個人。他整個人趴在地上如雕像般，暴熱的天氣也未能令他動上半分。

而他的手中，有一柄大得誇張的槍，驟眼看去像是他纏抱住了整個槍身。

「這樣的一個帥哥……好可惜喔……」

那抱着槍的男子聽到隊友的聲音後皺起眉頭：「伍環，認真一點。」而他的眼眸泛過了晶石光學校準鏡頭，視線已經落於遠在千米外的里昂身上。

他的呼吸變得平靜。

一吸，一呼。

呼吸之間，全身靜止不動。動的，只有右手食指扣下的扳機。

轟！

巨大的轟鳴炸響！

彷彿槍管射出的不是晶石光束，而是大炮！

晶石能量光束足有一米直徑般粗大，遠遠看去就像收割生命的死亡射線！事實上，這柄晶石狙擊槍的名字就是「死亡射線」。

里昂反應快如閃電，在伍環對着他笑吟吟的揮手，便看到一抹光點向自己飛來。這光點速度極快，幾乎在看到的瞬間便已來到身前！他只來得及把手中大劍切換至防禦模式並橫架於身前！

轟！

里昂清楚的聽到大劍上的晶石瞬間響起啪啪的聲音，晶石能量在這一擊間全然消散！但那光束卻是去勢未止，逕自襲在里昂的胸口！

啪！又是一道晶石的悲鳴。

這次是防護衣上的晶石。

一連震碎兩顆晶石的能量，那光束方才消弭，未止的衝擊力把里昂整個人像沙包一般撞飛，弄碎幾塊大石才吐血倒地！那想要躲藏的瑞秋看到自己哥哥被打得重傷頓時面色大變：「敵人很強，其射程比我還要遠近一倍！」

「里昂重傷！要求支援！我重複，下路要求支援！」

瑞秋在隊伍頻道扔下一句話後，連忙小跑出去救自己的哥哥！

「喔？還有隻小老鼠？」伍環好奇的盯着瑞秋。

極遠處的男子拉開手中大槍的彈匣，一顆拳頭大小的晶石此刻已是化成飛灰。一槍便消耗足足一顆晶石的能量，有如此威力似乎又變得理所當然。

「去解決他們吧，死亡射線需要冷卻，大概要五分鐘。」

「是了是了。」伍環不耐煩地敷衍着，但仍然朝着皮斯兄妹跑了過去。瑞秋見狀，那平常總是帶着恬靜的眼眸精光一閃，便是挽弓一箭！

搭在弦上還能看見箭身，當離弦而出，已脫離形式的規範，幻化成一道驚天的閃電！

嗤——

這一箭射出，駭人聽聞的破風聲響起！只是瞬間，伍環便判斷出這箭不能硬擋……只怪自己太輕敵，雙方距離太近。她沒有想到如此隨意的一箭竟然快絕如斯！

沒時間了！

伍環萬萬沒想到，自己竟然在一個照面後陷入了絕境！

她厲嘯一聲，雙手閃電般從腰間扔出圓環！

在她扔出之際，圓環散發出道道紅色的晶石力量！當她一連把五個圓環通通扔出，所有晶石力量彷彿產生了共鳴，形成一個五角形的光盾！

轟！

閃電落在紅色光盾之上，雙雙消散！

伍環這才舒了一口氣，只是她明顯看到五個光環上的晶石力量消耗了大半，額角不禁微微抽搐。若是以肉身抵擋這一箭，其下場大概跟被死亡射線轟中相差不遠。

當然這弓箭遠程距離遜色多了，但是人家不需要五分鐘的冷卻時間啊！

想到這裏，伍環便銀牙一咬。

不能再讓她出箭……

當她準備收回圓環出招時，瑞秋一如以往泛着溫和的眸子盡是冰冷之色。箭已不知何時再次搭於弓身上，箭鋒對準了她！

伍環只感全身毛孔炸開，怪叫一聲！

又是圓環結成的紅色光盾！只是這次能否再次擋下，她內心可半點信心也沒有。

正當瑞秋出箭之際，一股陰冷的寒意襲來。

她下意識的仰首……

呼——

一抹血影自她視野間閃過。

若非剛才身體的反應快絕，大概這一刀便是身首分離！

「咦？」

一道驚疑聲響起。

只見一名男子不知何時出現在伍環身旁，卻又似從一開始就站在這裏。伍環頓時鬆一口氣，甚至整個人都跌坐在地上：「隊長！」下一刻，伍環驚喜的神色便凝固在面上。

她的本能驅使雙手不斷捂住自己的脖子。

但那鮮血仍然不爭氣的自指縫滲出，最終面上掛着難以置信之色倒在地上。

來者正是那面上具猙獰傷疤的芻狗：「我說過，我不需要廢物當隊友。」隨着他的說話，那傷疤蠕動似一條蜈蚣，看上去很是恐怖。

他看也不看伍環的屍身，轉身看向瑞秋：「妳……很有趣。」他輕輕一揮手中短刀，刀身沾着的鮮血被揮灑在地上：「來打一場吧。」

這次換了瑞秋內心無比驚恐，只感身前的不是一個人類，而是一頭恐怖至極的凶獸！她連忙把里昂背在身後，轉身就逃！

芻狗微微一笑：「逃得了嗎？」

語畢，他的身形已消失在原地。

不過這次，那無往而不利的短刀竟然被擋住了。

擋住的，同樣也是一柄短刀。

準確一點說，那是狩獵者必備的獵刀。

一道古怪的身影擋在瑞秋身前，背上那巨大的背包，令他看上去就像一頭巨大的烏龜，手中握着的短刀不偏不倚的抵住刀鋒。

與其堅毅的動作不同，他面上盡是驚恐害怕的神色，但偏偏握着獵刀的手是那般堅定不移。

「喔？埃依比的狩獵者嗎？」芻狗瞬間把焦點落在陳少文身上。他知道自己的速度有多快，全速之下出的刀比光槍還要快。但此人竟然精準無比的擋下……

有點意思！

瑞秋趁着這個時候背着里昂飛快的逃去！芻狗並沒有追，只是盯着陳少文，眼眸如看着甚麼獵物般精光閃爍！就在他準備大打出手之際，陳少文面上帶着恐懼轉身就逃，看得芻狗愣在原地。

◎◎◎

「喂！小妮子，出來打一場啊！」

暴槍很無奈，他手中拿着一柄重機槍，雖然他改這代號並不是因為手中的機槍。這重機槍射擊威力很猛，連射速度快，但相對應的是失去精準度及射程略短。只是配合他的近戰技術，令暴槍成為代表達偉爾出戰的五人之一。

縱是如此，暴力的暴槍此刻只能無可奈何地站在埃依比的晶石塔前：「妳再不出來，我就要射晶石塔嘍！」

當他走上兩步真的準備攻擊晶石塔的時候，一道恐怖的重炮攻擊轟來！他狼狽地連續退後躲過，也是憤怒起來：「妳這傢伙怎麼這樣！到底是不是晶石大戰啊？如此消極的打法像甚麼樣子！」

在晶石塔後，一張倩影露出半張臉，對暴槍比了個鬼臉，便繼續躲在晶石塔後，死活

不出來。反正只要暴槍過來想要攻擊晶石塔，她就配合晶石塔同時進行攻擊，畢竟她手中那暗藍色的多明尼克五型可不是虛有其表的。

單論攻擊力及範圍覆蓋，她的重炮比晶石塔還要可怕！

與晶石塔配合攻擊的重炮，威力足以令暴槍卻步。

無計可施的暴槍只得透過耳機跟隊友報告情況：「看來上路這邊一時三刻分不出勝負，看你們了……啊？甚麼？伍環死了？啊，如果是隊長下的手，倒沒甚麼好意外。」

「不過那幾個被隊長盯上的傢伙也別想逃了。」

玖
萬物芻狗

玖 萬物芻狗

芻狗——在達偉爾的地位極高。

或者說，他的地位是自己創造的。

當年足足一千位孩童被困在森林裏，大多都是隱藏於巨大的叢林中苟且偷生，並尋找偷襲的機會。芻狗是唯一一個從開始到完結都沒有東躲西藏的少年。

他整條路都是殺出來的。

遇到人，追上去殺。

被人遇上，反殺。

反正就是看到有人就殺。

一千位孩童當中，有百多位都是死在他那平平無奇的短刀下。

也正因為如此，他在達偉爾的聲望是不可動搖的。更多的人稱他為死神之子，是降臨到人間來收割生命的。

在看到陳少文轉身就逃的當下，芻狗一開始雖愕然，但他旋即追了上去。

呼——

一抹微風吹來。

陳少文面色大變，連忙轉身再次拿起獵刀招架。

芻狗的刀極快，但陳少文之所以被秦非選中，便是與這傢伙那膽小個性不相符的天賦。

速度的天賦！

他的手揮得極快，明明看不清芻狗如何出刀，卻硬生生以手速擋住了三刀！

芻狗見獵心喜，面上難掩興奮之色。若另外三位隊友看到芻狗現在這副模樣，就知道此刻的他有多危險——每當芻狗越是興奮，他就越是恐怖。

能擋住芻狗三刀，已足夠表示陳少文的不凡。

只是……僅此而已。

芻狗出刀如電，轉眼間於空中閃過七道血色閃電。

七絕斬！

陳少文勉強擋住四刀……

嗡——

一道強大的晶石力量以陳少文為中心擴散開來，硬生生地把芻狗的身影逼退！

「喔？」

芻狗也沒有執意對抗，隨之退後。

他的目光落在陳少文胸前，彷彿看穿了他衣裝。

「科技力量嗎？」芻狗搖了搖頭：「外物，外物……你們太過依賴外物，才會那麼弱。」

「只有屬於自己的力量，才是最真實的。」

這時，足以保住陳少文生命那自發性反應防禦芯片的能量已經消散，芻狗正欲追上去，耳邊卻傳來一道驚恐的聲音：「要求支援！要求支援！中路要求支——」

轟！

幾乎在同一刻，一道冰冷的聲音響徹整座末日之地。

「**達偉爾，中路第一座晶石塔被破壞。**」

◎◎◎

秦菲默然立在原地。

前方的炙熱令她有點不太習慣。

她甩了甩手中的雙槍，走到狂妄的屍體面前，撿起他身上用以提供盾牌能量的晶石。看着這具屍體，她雖然面色蒼白，卻沒任何慈悲憐憫之色。這是戰場——若不是她殺死敵人，就是敵人殺死她。

哪怕這是她初次殺人，也沒有任何愧疚感。

她試着把晶石套入彈匣，結果並沒有任何問題。她想了想覺得也是合理，兩者同樣是晶石，只是顏色不同而已。她冰冷的聲音響起：「里昂，一個照面就被打成殘廢，成甚麼樣子？快把自己處理好然後回去下路解決掉那些傢伙。」

「瑞秋，妳陪同里昂一起自下路打過去。」

「陳少文，掩護他們回營地之後，到中路支援。」

「思思，妳不需要大發神威打掉對手，繼續把那傢伙拖住就好。」

只是三言兩句便把工作都分配好，但陳少文猶豫片刻後卻開口：「隊長，敵方的狩獵者還在我身後……我擋不住他。」

「不用理會。」秦菲美眸泛過寒芒：「**他自然會回來守我**。」

彷彿應驗她的話語，身後的芻狗面色冷了起來：「那個廢物……」

呼——

也不知道他到底是怎麼辦到，那人化成一抹血影消失在原地。

◎◎◎

過去每屆的晶石大戰，其實都是一場持久戰。

但今屆似要把以往的全部推翻。

從開戰至今不到一個小時，埃伊比的里昂若非反應奇快，加上大劍能以防禦模式化成盾牌，及其防護衣的晶石力量光罩，他大概會在死亡射線一槍下喪命。

另一邊廂，達偉爾已經有兩人陣亡！雖然有一個是由達偉爾的隊長芻狗自行斬殺；而另一個作為達偉爾主力的戰士——狂妄則在秦菲恐怖的槍術下節節敗退，甚至退得縮在晶石塔附近，打算依着晶石塔的攻擊來進行防禦……

但秦菲竟然變態得一邊規避着晶石塔的攻擊，一邊利用神乎其技的弧線槍，硬生生把縮在晶石塔旁的狂妄射死！

只能說達偉爾的狂妄從一開始在中路遇上秦菲，其結局便已注定。

秦菲可以說是完全克制這種只會近戰卻不擅速度的戰士，哪怕以里昂這等速度也幾乎被玩透，更何況是狂妄？

秦菲一路疾走，向前邁進。

前方是達偉爾中路的第二座紅色晶石塔。

末日之地中，三路各有兩座晶石塔。

只要把該路的兩座晶石塔都破壞掉，便可以直接攻擊敵方的晶石營地！雖然這座晶石營地比起其他要強頑而且防禦力強……但沒有任何反擊能力。若芻狗不回防，恐怕就要輸了。

秦菲停下了腳步。

因為她已感受到來自身後的惡意。

她轉身，那抹血影已經來到了身後，其目光冰冷無比，如看着死人。

「妳的名字？」

芻狗轉動手中短刀，刀身在他五指間翻飛，如同一隻紅色的穿花蝴蝶。

秦菲比他還要冰冷，壓根兒沒有開口的打算。

芻狗也沒有在意，看到秦菲不理會他，便出手代替言語。

呼——

刀光掠影，他又是向前一踏。

這一踏足足跨過數米之間的距離！

但令芻狗詫異的是，幾發光彈彷彿未卜先知，出現在自己的路徑上。但芻狗終究是那個死神之子，其戰鬥經驗豐富至極，在這般極速疾馳之下，竟然還能硬生生的折向。

紅影化成血色閃電，速度並沒有慢了多少的繼續向着秦菲斬去！

這下換了秦菲震驚。雖然早就從頻道中估算過芻狗的速度，但這種極速下的變向，根本就是匪夷所思！她下意識看向芻狗的雙足，這時才發現他穿着一雙金屬靴子。只是她無暇細看，螓首微側……

那看似平凡的短刀竟把她的一縷橙髮斬斷！

「有兩下子！」芻狗面上盡是興奮之色，只需幾個回合便察覺得到，這女人與自己實力不相伯仲！

拾
差之毫釐、

拾 差之毫釐

「別浪費時間了，乾脆殺了他們。」

翕狗的聲音震進其餘兩位達偉爾隊員的耳機內。

「好吧。」二人都帶着無奈，又同時有點佩服埃依比的幾位戰士。畢竟達偉爾那些戰士沒有說錯的話，他們是近幾代晶石大戰中最強的一代。

縱是如此，對手仍然能把他們逼至這個地步。

「那就出全力吧。」

暴槍擱下了耳機，右臂單手提起那沉重的重機槍。

然後他抬起左手，五指直直的指向思思，那些指頭居然露出了五個森然的洞口，使思思不禁目瞪口呆。

砰砰砰砰砰！

「哇！你這怪物！」思思看得大驚失色，連奔帶跳的逃走！

重機槍與他那古怪的左手五個槍口同時射出光彈！

「埃依比，上路第一座晶石塔被破壞。」

暴槍全身都泛着紅色的光芒，整個人看上去就似是於屍山血海爬出來。

他一步一步，不疾不徐的走向上路的第二座晶石塔。

◎◎◎

里昂提劍直奔下路的晶石塔。

他的傷勢説重也不重，因為那一記可怕的狙擊主要是打散了他的晶石能量。在補充晶石後，他便生龍活虎的跑往了下路。

而遠在千米之外，死眼抱着狙擊槍，觀察着遠方的里昂。

那狙擊槍上沒有瞄準器，那早已被他隨手打掉。此刻若有人仔細查看死眼的瞳孔，便會發現他的瞳孔在緩緩轉動，像是一個能變焦的準星鏡頭。

「真有本事，這麼快就敢回來。」

死眼遠眺千米外的里昂，右手輕扣扳機。

里昂面色漠然，眼眸已看到紅光一閃即逝。

手中大劍再次擋在身前。

可憐這柄本來應該衝鋒陷陣的大劍，在這場大戰中只能擔當盾牌的角色。但在此之前，誰又料到達偉爾竟然會有死眼這種能從遠在千米取敵首級的可怕狙擊手？

轟！

大劍幾乎同時脫手而飛！

里昂的雙手已經虎口冒血，面上仍然露出驚駭之色。哪怕早有準備，但槍擊來得太快、太狠！若非他果斷甩劍並將攻擊折向，死亡射線恐怕又會再次擊碎大劍的防禦盾然後落在自身上。

死眼面上展現一抹嗤笑：「還真當自己是甚麼人物。」

滋滋滋滋……

一直如情人般抱着狙擊槍的他垂下頭來，看着胸口的肌膚陡然打開，露出一顆如足球大小的巨大紅色晶石！

他的面上泛過一抹痛苦之色，而那狙擊槍旋即如被這顆晶石充能了般！

「死！」突然一聲嬌喝乍響！

聲音近如咫尺！

死眼幾乎同一時間扣下了扳機。

這正是他的「雙重射擊」。

透過自身的改造替狙擊槍進行強制充能，於短時間內接連發射。

但限制是之後的三十分鐘，他與那狙擊槍也別想再進行攻擊了。

只是扣下扳機那一剎聽到一聲嬌喝，他頓時沒被嚇得魂飛魄散。他眼角隨聲看去，一抹倩影從林間冒出，那張可愛的俏臉上盡是憤怒朝他挽弓射箭！

嗖！

瑞秋的箭有多快？

當她鬆手之際，那抹藍光彷彿劃破了空間，如同炸彈一樣把死眼炸飛了！

但這時，那道死亡射線已經射出。

◎◎◎

「聽我說。」里昂很認真的看着自己的妹妹：「等會我出去當誘餌，當我接近下路晶石塔時，那傢伙定會射死我。」

「但他射擊之時，便是妳找出那傢伙的時候。」

「射死他！」

瑞秋快要哭出來了：「那不是拿哥哥你的命來作賭注嗎？」

里昂面色凝重，緊緊按住自己妹妹的肩膀：「這是戰場。」

「不是他死，便是我們死。」

「我相信妳，我一直都知道，妳比我還要強，只是總是在讓着我。」

「去吧，妳長大了。」

◎◎◎

「甚麼？」里昂難以置信。

如此可怕的遠距離狙擊竟然能在短時間內連射！

但這時他劍已脫手。

無從可擋，無處可逃。

轟！

如光柱般的狙擊……沒能殺了他。

差之毫釐，謬以千里。

這誤差讓他逃過死亡，但他的右腳自大腿處被射得齊根斷掉！

若非瑞秋嬌喝而出，令死眼的狙擊偏斜了數公分，後果堪虞。

死眼已被瑞秋一箭射死，她連忙想要跑回去看哥哥的傷勢。

「我……我沒有死。」里昂的聲音如同天籟般響起。

瑞秋止住腳步急道：「哥哥，你沒事吧？」

「我沒事。」

里昂看了看自己血肉模糊的斷腿處：「但我也無法繼續參與戰鬥了……妳快去支援秦菲。快去！」

「嗯！」瑞秋猛地點頭，急奔向中路而去！

里昂躺在地上，利用急凍劑將傷口凍住以作止血，單是這個動作幾乎令他痛得昏過去。

他無力的躺在地上，灰塵撲面，看上去無比狼狽。

他回想起這幾年的一幕幕。

到了這時，他才知道自己由看見秦菲的第一眼，便喜歡上了這個冰冷的女孩。但年輕的他不懂如何表達自己的心意，只得不停與這女孩作對，其實這是少年想要吸引心儀女孩的笨拙方式。

他手掩住臉龐，哪怕流下再多不甘的淚水，在這場戰事中他已經失去了繼續站在那女孩身旁並肩作戰的資格。

◎◎◎

「你這變態……」思思一邊跑着，一邊回頭射着重炮。

暴槍面上漠然，左手五指不斷射出誘彈，將思思的重炮於飛行途中擊落。

「來一戰吧，若妳再次逃到晶石塔後，我只會強行破塔。」重機槍加上他五指的機關炮，等同有六根光槍同時對塔進行攻擊。以暴槍如此恐怖的破塔能力，想要強行突破還真是輕易的事。

思思停下腳步，直直的看着他。

她腦海中，更多的是與里昂對戰的畫面。

最後閃過她眼前的，是那道橙色長髮的背影。

妳已經保護了我許多次，這次該換我守護妳了。

哪怕用命，我也會拖住他，不讓他回援！

拾壹
慘烈落幕

拾壹 慘烈落幕

秦菲很狼狽。

若是有任何埃依比的人在場，恐怕都會感到難以置信。

女神秦菲在單對單的情況下，竟然會狼狽如斯。

但芻狗彷彿生來就是克制秦菲的天敵。

秦菲最強大的，是中距離的射擊壓制。

但芻狗的速度實在太快，快得秦菲哪怕想預判也是無從可判！而失去了中距離壓制下，她就像在跟一個超級加強版的里昂近身戰鬥。若里昂在此，反倒是最適合對付芻狗的人選。

但就像起初在中路的狂妄遇上秦菲一樣，誰也不知道會遇上誰，又哪能事先安排好？

「死吧！」芻狗已經漸漸玩厭了。

本來秦菲着實令他眼前一亮，但當她越來越追不上自己的速度，他就知道遊戲該結束了。

芻狗出刀如電，轉眼間於空中掠過七道血色閃電。

七絕斬！

「怎麼又是你！」

陳少文再度不知從何處撲出來擋住了四刀，剩下的三刀本該是刺向陳少文的心臟，但秦菲在陳少文防禦的剎那便射出三槍，成功抵擋住那三刀！

秦菲眼眸一亮，自然不會放過這樣的機會。

雙臂同時一甩！

弧線槍！

藍色光彈劃過兩道好看的弧度，繞過了擋在她身前的陳少文，落在芻狗的雙足——或者說是他那雙古怪的鞋子。

轟！

那雙金屬鞋子應聲而碎！

芻狗落在地面，面色也是有點難看。

而在他身前的陳少文仍然背着那個如烏龜殼般難看的背包，秦菲則無視此刻的狼狽，

冰冷漠然地盯着他，視線落在芻狗的雙足。

這不得不說，是秦菲判斷錯誤。

她以為那雙金屬鞋子是芻狗速度的憑據。

可惜那只是芻狗的平衡器。

沒有鞋子的雙足竟然是通體金屬的腳掌！

「呼……」芻狗也是深呼吸一口氣：「有點本事，能夠把我逼到這個地步。」他猛地撕開了半截褲管，原來他的雙腿由腳掌直至小腿都是金屬製成！

「你們的科技依賴外物，靠的是裝備。但我們達偉爾，更多的是改造自身肉體。」

「只有屬於自己的力量，才能夠輕易掌控！」

他右手一招。

沒有人留意到，死眼那被瑞秋一箭射死的屍身旁邊，那把「死亡射線」如受到了召喚，憑空飛起！

死眼的「死亡射線」，本來就屬於芻狗。

就在這時，一箭不知從何處射來。

芻狗彷彿未卜先知的側身避過。

嗖——

一道身影出現在秦菲身邊，正是瑞秋。

瑞秋、秦菲、陳少文。

三對一！

而芻狗仍然平靜的站在原地，完全沒有任何焦慮。

「就這樣了？」

秦菲急急吐出：「陳少文主攻，我與瑞秋策應！」

陳少文立即點頭，這時他已經連害怕、恐懼都忘記了。他內心只有一個念頭——保護隊長！

芻狗搖頭，那金屬雙足噴出氣浪，他的身影消失不見。

這便是生物科技！

他如疾風般來到陳少文身後，那柄短刀狠狠的刺向陳少文的後背！

砰砰砰砰！

秦菲的雙槍怒吼着，精準的落在他的刀身把其震開！

而瑞秋已經挽弓出箭，藍色閃電射向芻狗！

「想避？」秦菲眼眸含霜！

矩形點射陣！

四發光彈射出，封住了芻狗所有逃走的方位！

芻狗硬是朝天一躍。

因為那女娃娃的箭，就連他在感受其可怕的威力後也不敢硬扛。

至於秦菲的槍，只見他左手前臂陡然如機關般打開，張開一面偌大的晶石力量紅色光盾。光彈打在上面，只能激起幾層漣漪！

幾乎同時，一道黑影從廢墟中跳出，落在身居空中的芻狗手中。

那正是……死亡射線！

芻狗人在半空，拿着死亡射線向下瞄準。

目標正是秦菲。

他很清楚，秦菲才是最難對付的人。只要擊殺了秦菲，剩下的只是土雞瓦犬，一觸即潰！

轟！

強大的反作用力令芻狗的身影朝天飛退！

就在這時，陳少文出現在秦菲身前，像不要命般擋住那驚世一槍！

嗡——

自發性反應防禦芯片的能量，恰恰擋住了這一槍！

塵土飛揚，甚至擋住所有人的視線。

陳少文一拍自己腰間，出現了一塊芯片。他也顧不了那麼多，硬是塞給了秦菲。

「你在幹甚麼？」秦菲寒着臉道。

陳少文看也沒有看她，只是滿臉警戒的四處張望：「隊長，我可以死，但妳不能死。若妳死了，我們就真的完了。」

「你有夠煩的。」

一道陰冷的聲音響起。

在秦菲、瑞秋愕然的目光下，芻狗不知何時出現在陳少文身後。

任何人都反應不及之際，手中短刀已扎進陳少文的後背。

秦菲一愣，看着近在咫尺的陳少文。短刀自後背刺入，透體而出，胸前露出一小截刀身。陳少文面上的神色清晰可見，有迷茫，有驚懼，有緊張。他的目光緊緊看着面前的那張俏臉，不忍閉目。

「我保護到隊長了嗎？」

陳少文倒在地上，意識漸漸如潮水般退去。

那橙色的倩影仍然揮之不去。

仰慕，令他沒有意識到自己對那女神的愛慕。

陳少文，死！

◎◎◎

「你該死！」秦菲一反常態，暴怒喝道，手中雙槍已經射向芻狗！

「哈哈哈哈！」芻狗張開了光盾：「我殺了他，妳又能怎樣？」

「死！」瑞秋也是怒了，挽弓便是一箭！

「別急，下個就是妳。」對於瑞秋的箭，芻狗還是相當忌憚，瞬間作出規避。就連他也不敢保證自己的能量盾能擋住她的箭！

在芻狗看向瑞秋的箭那一瞬間，秦菲便各自向身旁射出莫名其妙的兩槍，光彈胡亂射出不知到哪裏去了。

當芻狗看回秦菲時，她已經像是失去了控制般向芻狗撲去。

她失去理智了嗎？

芻狗不驚反喜，這女人擅長的是槍術，此刻近身戰鬥，不是送死是甚麼？

只是當芻狗看到了秦菲的眼眸——

那種冰冷與漠然，哪有半分失去理智的癲狂？

「找死！」哪怕警惕，但她已殺到身前，芻狗自然不會客氣的一刀斬出！

嗡——

又是自發性反應防禦芯片能量！

「煩不煩啊！」這芯片的自動防禦已經令芻狗失敗了三次！那股柔和的力量把芻狗強行震退！就在這時，他的左右竟然飛來了兩枚光彈！

未卜先知？

芻狗駭然看向秦菲。

不！

全都在她算計之內！即使是芯片的震退範圍，她也統統計算在內！

轟！

兩道弧線槍重重的打在芻狗身上！

因為對自身經改造的肉體充滿自信而沒有穿着晶石防護衣的芻狗，終於為此付上代價。

芻狗狼狽地後退着，一根手臂已經被射斷，另一根更是火花四濺，像是快要爆體的機械！

秦菲仍然向前急奔，雙臂環抱住了他的腰間！

「瑞秋，放箭！」

秦菲看得更加透徹，雖然不解，但她還是看到芻狗斷臂處竟然漸漸恢復着！達偉爾的生物科技究竟走到哪個地步啊？

「隊長……」

「放箭啊！不然我們都要一起死！」

芻狗怒吼一聲：「女人，放手！」他單膝提起，狠狠的撞擊在秦菲的肚腹。秦菲口中噴出一口鮮血，卻始終死扣着他不放：「放箭啊！」

瑞秋強忍着沒有流淚，猛地挽弓疾速放箭！

噗！

「想我死？死吧！」芻狗也是露出凶色，雙足猛地發力，甚至如引擎般噴射出火光，將秦菲當作盾牌擋在瑞秋的箭前。

「你也太小看我的伙伴。」秦菲冷冷的道。

噗！

箭穿過了秦菲的背心，卻是去勢不減的穿過芻狗的胸口。

這時秦菲終於失去所有力量，跌倒在地。

芻狗面上盡是難以置信之色，看着胸前的長箭。

而那根箭，正好刺在胸口那顆晶石。

在達偉爾經改造的身體裏，賴以生存的不再是心臟，而是胸口的晶石。

晶石被破，就必死無疑。

◎◎◎

「這場戰鬥不錯，不論芻狗還是秦菲都相當不錯。」

「特別是秦菲。所謂千軍易得，一將難求。秦菲那種謀略真是難得，芻狗只是匹夫之勇而已。」

「還有陳少文……咦？」

「怎麼可能！」

「有人闖入了末日之地！」

◎◎◎

「隊長！」瑞秋跑了過去扶着秦菲，只見秦菲不斷的咳嗽着，口中吐出的血還摻雜着一些黑色細點。那都是內臟的碎片，可見瑞秋的一箭有多恐怖。

但秦菲面上沒有任何死前的恐懼，只是冰冷地盯着前方的芻狗。

這場晶石大戰，能否擊破敵方的晶石營地已不是重點。

若有一方五人全滅，那麼就等同敗北。

芻狗愕然盯着自己胸口，隨即哈哈大笑起來。他的面色似是難以置信，更多的是癲狂：「想我死？想我死？」

他那根殘存的右手猛地拍向自己的後腦！

噗！

在瑞秋駭然的目光下，芻狗的左眼眼珠被拍了出來，原來這也是一隻義眼。而沒了義眼那空洞洞的眼眶裏，有着一個按鈕。

「那就一起死吧，一起死吧！哈哈哈哈！」

他惡狠狠的按在那個按鈕上。

胸前的那顆破碎的晶石亮了起來！

「瑞秋，快走！他要自爆！」

「隊長……那妳……」

「別管我！妳快去幫思思！」

「這是我最後的命令！若是妳不聽從，我死也不瞑目！」

「我叫妳快走！」秦菲用盡最後的力量推開瑞秋：「去！」

「好！」瑞秋咬了咬牙，展動身法急急逃走！

秦菲躺在地上望着天空。

力量彷彿不斷從她胸口那個破洞流走。

天空又灰又暗，又藍又紅的。

啊——

這天空好難看。

好想再看一遍夕陽。

她閉上了雙眸，昏了過去。

轟！

在她失去意識的剎那，一張木板擋住了她的天空。

木板呈長方，驟眼看去像是上古年代人家當作家門的木門。

但這木門在幾個呼吸之間張開，化成一座木製的圓罩，把她包裹在其中。

那可怕的晶石爆破波動炸在那木製圓罩上，卻是詭異的彈射開去，如油落在水中般自行滑走。

拾貳
世界真相

拾貳 世界真相

呼！

秦菲睜開了雙眸，面上盡是迷茫之色。

一陣濃郁古怪的味道，瀰漫四周。

她不知道，這是一股藥香。

「妳醒了？」

一道聲音響起，秦菲緩緩移過腦袋看去，只發現一名戴着頭帶的男子坐在她身旁，在他手中的竟然是一本紙質的書本。這種書本是她前所未見，也只有從資料庫中得知這是古代時用作傳遞和記錄信息的方式。

她張了張嘴，卻發現說不出話來。

「慢慢來，妳已昏迷了七天。」男子小心翼翼的倒了點水在她嘴巴。秦菲貪婪的喝着，甚至喝得急了，禁不住咳嗽起來。

「妳算是走運，若是那一箭射歪數分，就洞穿妳的心臟了。」

「這裏是何處？」秦菲的聲音沙啞又難聽，連她自己也嚇了一跳。

男子微微一笑：「這裏是夕陽山。」

秦菲又是一愣，她從來沒有聽說過有這樣的一個地方。

「妳肯定會是感到疑惑——現在，是時候告知妳。」

「這個世界的真相。」

男子慢慢扶着秦菲坐在牀上。

她這才發現，自己身處在一家木製的屋子裏。木，是何等珍貴的遠古材料。在埃依比，售賣一塊木板的價錢堪比黃金。但在這裏，竟像是最平凡的生活物品。

「我先自我介紹。」

「我是秦文廣，是妳的叔叔。」

「妳父親秦文俊，是我的哥哥。」

秦菲聞言一愣，看着秦文廣似是看着甚麼怪物般說不出話來。

秦文廣也不意外，默默把秦菲扶着坐在牀上後，便走到木屋的窗戶，慢慢拉開了窗簾。刺目的光把秦菲一時間照得好不適應，只是當她目光緩緩恢復焦距後，卻是驚呆了。

入目一片秋色。

有青山、綠水，更有蔚藍的天色，而無數橘色小花遍佈整個山頭——那是跟她髮色一樣的橙黃！

然後秦文廣拉開了自己的頭帶，赫然露出與秦菲一樣的橙髮！那是修剪得極短的軍裝平頭髮型！

◎◎◎

「已經失去了考究意義的時間……萬萬年前，世界科技無比發達，但人類對於環境索取過度，導致地球無法調息。狂風、暴雨、海嘯、地震……各式各樣的天災，令整個地球陷入了絕境。」

「最終，整個地球只剩下三片大陸能夠居住。」

「北方冰雪長年覆蓋，西方火山連綿高溫熾熱；以及這裏——南方的夕陽山——瀰漫着特殊磁場的地界。」

「本來夕陽山是人類最後的居所，也是適合居住的環境。但因為那特殊的磁場，在這裏使用任何科技、電力均會馬上爆炸。」

「適應了科技的人們，又豈會習慣？」

秦文廣搖頭失笑，更多的似是嘲笑着那些人的無知愚蠢：「就在這時，它們來了。」他坐回秦菲的身旁，看着她：「妳知道晶石的起源嗎？有聽說過晶石大戰的緣起嗎？」

秦菲此時已經失去了思考能力，滿腦子變成一團漿糊般。

她下意識想起自己從小接觸的知識：「晶石是地球深處的神秘資源……」說着，她又想起那一個又一個撰寫着「權限不足」的警報提示。

「錯了。」秦文廣搖了搖頭。

「晶石，本來就不是屬於地球的力量。」

「在地球陷入絕境之際，外星的訪客來到這星球。它們自詡賜予了力量給地球，並保護着地球。」

「那就是晶石。」

「它們將晶石，直接植入地球深處。」

「同時於北方及西方建起晶石營地，讓人類能夠居住。」

「然後它們設下條件，限制雙方每十年必須舉行一次晶石大戰，讓年輕的地球人進行廝殺，以爭奪未來十年的晶石收取量。」

秦菲不解。

她看着外面那青山綠水，又想起埃依比那可怕的嚴寒。她真的不解：「怎麼可能會有人寧願住在北方，卻放棄這裏……」

秦文廣聞言哈哈大笑：「真不愧是我們秦家的人！只是，其他人可不像妳那般想。」

「像喝杯水，我們這邊是要挖井、建井，然後打水。若是找不到水脈，甚至要下山到河邊打水，再生火燒水才能飲用。」

「像吃飯，我們要種植或者打獵，還要架火燒菜……」

「而這些事情，在妳成長的地方只需要隨便啟動喝水機，或者讓各種機械處理食物，剎那間就能辦到。」

「更不用說這個。」秦文廣笑着舉起手，手中握着的正是秦菲的天訊儀：「雖然我沒有經歷過那個時代，但一切都有着記載。各種影片、娛樂，以至通訊方式，都能透過天訊儀進行。」

他的表情倏地嚴肅起來，否定一切：「我們可沒有這些。」

「那麼妳說，當人們習慣了垂手可得的方便，又怎麼能適應如此麻煩的日常？」

「無數歲月就這樣過去了，不論是埃依比或達偉爾中，大部分的人類壓根兒不知道夕陽山的存在。」

秦文廣把天訊儀遞回秦菲，告誡道：「可別啟動它，不然會爆炸的。」

秦菲愣住接過，實在是難以消化這一切。

秦文廣也知道這是一時之間難以接受的：「所謂防人之心不可無，你父親乃是我們當年派進去埃依比的間諜。埃依比和達偉爾其實對我們相當忌憚，因為我們發現了磁場對此地造成影響，這也許是大自然的反撲——這裏的石頭、樹木製成的武器能夠無視晶石的力量，瓦解任何晶石武器的能量。」

「妳父親待在埃依比的時候，打聽到晶石大戰的真相。只是那時他被埃依比的人識穿身份繼而敗逃，最後實在扛不過去，把情報埋在一處並留下記號，便抱着妳死去……我們尋到記號裏的情報後，也得悉了妳的存在，卻一直找不到妳……直至妳進入了奪晶部隊。」

「畢竟妳那頭橙髮也太好認了。」秦文廣笑着指向自己的一頭橙髮。

「在知道妳參加晶石大戰後，我們夕陽山的戰鬥部隊——『初晨』便出動，強行介入戰場並把妳救回來。經此一役，我們算是徹底曝光了。」

「但為了救妳，一切都是值得。」

◎◎◎

秦文廣扶着秦菲慢慢走，來到了一座山邊小亭。

橙黃色的太陽，以及通處可見的橘色小花，看得秦菲只覺得身處於夢境。

見秦菲看得出神，秦文廣不禁笑說：「此處是晨曦亭，說來有趣，妳父親小時候也很喜歡坐在這裏看日落。」

秦菲感到某處回憶被喚醒。

她之所以那麼喜歡看日落，或許是因為父親於她兒時總是用一座山的日落之景作故事，來哄她睡覺。

「跟我說說晶石大戰。到底是怎麼一回事？」

秦文廣聞言嗤笑一聲：「甚麼晶石大戰，甚麼爭奪晶石……通通只是笑話。」

「地球人，沒有想像中不堪一擊。人類擁有近乎無限的可能性與成長性，這代表地球人也可以成為出色的戰士。」

「每一次晶石大戰，其實是替外星人尋找出色的戰士，然後到宇宙各處征戰，替它們打生打死。若非妳父親當年潛入圓桌會議，偷取他們的會議紀錄，我想這大概還能再隱瞞個數百上千年。」

「歸根究柢，那只是給外星人看的一場猴戲。」

秦菲面露憤怒之色：「猴戲？」

她腦海中回想的是陳少文死前對着她的微笑、里昂的傷勢，還有生死未卜的瑞秋和思思……

這些都是為人作嫁？

一切都只是在為那些外星人打生打死？

秦文廣突然站了起來：「地球不能再這樣了。為了打破僵局，我們這十多年來成立了組織——『初晨』，製作武器、訓練戰士。」

「只有把那些外星人擊退，才能真正的拯救地球。」

「我已經老了，無法擔任初晨的隊長。」

「妳就是我們最後的希望。」

秦文廣看向秦菲：「這也是妳父親最後的遺志。」

◎◎◎

秦文廣自行離去。

他也是知道，今天他所說的一切，對秦菲會產生多大的影響，甚至說是把秦菲所認知的一切徹底顛覆也不為過。

秦菲掙扎站起來，一拐一拐的走到山邊，目送夕陽緩緩落下。

她內心還在思考着一個問題——晶石。

既然外星生物掌控着晶石，是不是代表「晶石」這種存在本來就有未知的問題？只是若要探究清楚——

她知道這一切意味着甚麼。

晶石，是埃依比與達偉爾的根基所在，也是兩地的逆鱗。

若她要動晶石，先不說達偉爾，那就代表她要與曾經的伙伴刀劍相向。

團長馬拿、里昂、瑞秋、思思……

這沒甚麼好猶豫的。

山風吹來，把她那頭橙色長髮吹得獵獵作響。

拾參
年
光陰

拾參 三年光陰

時光飛逝，日月如梭。

轉眼間，便是三年過去。

晶石大戰，爭的是十年的資源。所以晶石大戰同樣是每十年一度。上一場大戰，勝出的是埃依比。

三年前，雖然發生了未知的變化，但在思思於上路單對單勝出後，達偉爾一方五人全滅，就等同宣告埃依比的勝利。

逐晶者的石碑，多了好幾個名字。

傅思思、瑞秋．皮斯、里昂．皮斯、陳少文與秦菲。

他們的名字與一般的逐晶者名字不一樣，而是鍍着金——這是勝出者的象徵。

只是這次的勝負，是慘烈的。

此刻，站在石碑前有二人。

一男一女。

三年過去，他們身體的變化不算巨大。但有很多熟悉他們的人，都看得出二人氣質的轉變。

沉穩。

如泰山崩於前而色不變，再大的事情也無法令他們變色般的從容。

因為他們經歷過生死。

生死以外無大事。

回到埃依比後，又有甚麼能令他們動容？

「三年了，那女人還有那臭丫頭也不懂得回來。」除氣質的改變之外，男子那根通體金屬的義肢，自然算得上是他的變化之一。只見男子一邊罵罵咧咧，像是咒罵着某個討厭的對象。但身後那女子沉默下來，沒有應答。她知道這男子口裏罵着，實則內心最捨不得的，大概是他了。

女子望着他的背影，目光很是複雜。

一個死了的人，是要怎麼超越？

沒有方法超越。

所以她喜歡他，卻從來沒有說過。

「差不多是時候了，今天是奪晶部隊的招生日。」

作為上屆的勝出者，二人都獲邀成為這次奪晶部隊的教官。

他們是里昂與思思。

「妳先走吧，我還想在這裏多待一會。」說着，他已經坐在逐晶者石碑前。

思思內心再次歎息，沒有說些甚麼，轉身離開。

里昂坐在石碑前，一隻手大力捶打着自己的右腿，眼淚不爭氣地流下來。他捶下的力度越發加大，用只有自己聽到的聲音咒罵着：「真是個廢物……自己愛的人、自己的妹妹，沒一個能保護。里昂，你真是一個廢物啊！」

死去的人長眠。

活着的，或許只能承受無止境的痛苦、折磨。

直至斷氣的一刻。

◎◎◎

思思步入奪晶部隊招生地。

無數少年朝着她投以仰慕的目光。

「重炮魔女」思思的名氣大盛。沒錯，三年前冰山女神秦菲的名頭風靡一時，但死人可以被銘記，同時很容易被忘記。相反，活生生的傳奇在眼前走動，自然更能獲得眾人的尊敬。

她感受到眾少年仰慕的目光，內心卻是苦澀至極。

她知道當年出戰的五人當中，自己是最弱的那個。

瑞秋射術無雙，里昂近戰無敵，秦菲更不用說。

連最被人小瞧的陳少文，單靠反應也能夠擋住敵方大將芻狗。

她只是運氣好，面對的並不是最強的敵人，也沒有身處爆炸的中央，才能夠苟延殘喘地活下來。

最終她能夠貢獻到的，只是死命拖着一個人，不讓其回援罷了。

就在這時，她感到自己撞在一個嬌小柔軟的身子上：「哎喲。」

思思連忙伸手扶住眼前的身影，那是一名約六、七歲的孩子。她連忙開口：「孩子，沒事吧？」

「沒事。」孩子稚聲道：「姐姐，剛剛有個人讓我把這個怪東西給你，還說在初次見面的地方等。」說着，孩子把一個如香囊般的小包遞給思思，然後笑着揮手：「姐姐拜拜。」

思思皺着眉頭，隨便找了個角落，便打開了這個香包。

她一見，面色劇變。

劇變過後，是複雜的神色……

那是一次奪晶部隊在雪原的訓練，那時的她身法並不靈活，意外失足讓她自道路摔了下去。

她沿着又斜又滑的雪坡滑下，鑽進一座不知多少紀元之前的商場廢墟之中。

冰天雪地，舉目盡是古代陳舊的遺跡與空寂，那時候的思思真以為自己要死了。沒想到就在她失去意識之前，一個同齡的少女找到了自己。

她永遠都不會忘記，那橙髮少女帶着漠然的表情，向自己伸出了手。

當她握住了少女的手，接着數年也沒有放開過。

◎◎◎

走出城市範圍的權力，並不是每個人都有。

但思思自然不是普通人。

她握着香包，冒風雪而行。極寒刺骨，若非她身上穿着擁有晶石能量的防護衣，恐怕早就凍死了吧。

也因此，哪怕是有權限的人，平常都不會走出埃依比。

思思望着眼前的商場，似是憶起過往，露出一抹會心微笑。

走着走着，她來到了某個被風雪埋在底下的廢墟。在無數年前，這裏或許曾經是某處受歡迎的大商場，現在只是一座時代的大墓，而露出來的一截小窗恍如伶仃的墓碑。

此刻的商場中央，有三道身影站着。

旁邊兩人看了一眼，似是對思思的到來不感意外。

而思思的目光，一眼便落於站在中間的身影。她看上去身形纖弱，卻很容易成為所有人目光的焦點。不知道是因為她身上那漠然的氣質，還是因為她帶着附在香包裏那一小撮橙髮的髮色。

她轉身，看向思思，走了過來。

冰風之中，她緊緊抱住了思思：「好久不見了，朋友。」

◎◎◎

聽秦菲說着她被秦文廣所救，並得知晶石大戰的真相。

思思只感如一切猶如天方夜談，面上盡是匪夷所思之色。

「不可能……不可能……」思思跪倒在地上，失魂落魄。秦菲只是平靜地看着，沒有吭聲。另外兩人同樣如此，一臉漠然。

像秦菲當年就是如此經歷，繼而感受到當中的憤怒，最後接受。

「思思，在面對壓迫的時候，人類往往會有兩種選擇。」

「一，遵循。」

「這是大部分人類選擇的道路，也是地球為何被弄成這樣一個爛攤子的原因。」

「二，反抗。」

秦菲深深的看着她：「我是準備走第二條路了，妳呢？」

思思抬起頭來看向她，眸色漸漸回復平靜：「妳忘了嗎？我總是會支持妳的。妳想我做些甚麼？」

秦菲舒了一口氣，內心同樣有點安慰。她看了思思一眼，想着自己總算沒有看錯人，便把想法對思思說了一遍。一路聽着，思思再次露出震驚之色：「菲，妳這是玩火！」

秦菲面無表情：「總得有人冒這個險，這麼多年了……總得有人站出來。」

「況且我從來不打沒把握的仗，妳也是知道的。」

思思聞言面色複雜，想起曾經跟着秦菲在訓練室的演練……

「我知道了。」思思站了起來：「放心，屆時我也會加入。」

秦菲微微一笑：「早就預妳在內。」

「我該怎麼聯絡妳？」

秦菲拍了拍她的肩膀：「我會一直待在埃依比裏面。只要時間合適，我會直接出現。」

語畢，秦菲便帶着兩人轉身走進商場的暗處。思思凝望着她的背影，直至那抹醒目的橙髮消失不見。

她深呼吸一口氣。

接下來，就是自己的戰鬥了。

◎◎◎

「甚麼？」

三年過去，馬拿看上去蒼老了不少。

但隨着他年歲提高，加上上屆晶石大戰的勝利，馬拿的地位急速上升。

短短三年間，馬拿表面上仍然是「平等」的圓桌會議中那十位祭司之一，但其實質權

力已是極高，算是埃依比內位高權重的大人物。

在他眼前的是思思與里昂。

對於這二人，他是極其欣賞的。雖然他最欣賞的秦菲已死，但作為勝出者，倖存下來的思思與里昂自然很受他重用。

特別是思思。

比起沉醉在哀傷、不得其門走出來的里昂，思思綻放出她的個人魅力。若不意外，再過數年等另一位祭司告老還鄉，馬拿便會提拔思思，成為祭司之一。

縱是如此，在聽到思思的說話，馬拿還是猶豫不決。

思思面色堅定，重複一遍：「我申請進入末日之地。」

馬拿皺眉喝斥：「胡鬧！末日之地豈是隨便能進——」

思思逕自開口：「我知道，為確保參賽人員熟悉場地，保持訓練場參數準確，不論是埃伊比還是達偉爾，都有資格申請在非晶石大戰時進入末日之地。」

「當然，一切都必須在達偉爾監視之下進行，以確保我方沒有偷偷對比賽場地動手腳。」

馬拿點了點頭，語重深長：「是的，但妳知道進入末日之地的傳送，需要多少晶石嗎？而且，一般我們都會在晶石大戰前兩年，才進去更新訓練場參數。若妳現在就進入末日之地，之後怎麼辦？」

思思面色平靜：「作為最新一次得勝者，我相信我對晶石大戰有點評的資格。對於晶石大戰的訓練方針，我有一個想法，但前提是我需要親身看一遍。若是成功了，我有信心蟬聯晶石大戰。」

馬拿緊皺着眉頭，也不知道思思哪來的自信。

但偏偏這段話對於整個埃伊比而言，都有着無可抵抗的吸引力。一次晶石大戰勝出，代表的意義實在太大，而馬拿更是勝出後最大的利益者之一。

以思思的身份道出進入末日之地的要求，更是打着「有機會奪下下屆勝利」的旗幟。

馬拿仍皺着眉：「能先告訴我……」

「不可以。」思思斷言：「我需要先確認，才能定出訓練方針。」

馬拿看向旁邊的里昂：「你呢？」里昂面色淡然：「我支持她。」

其實里昂也不知道思思突然發甚麼神經，但對他來說，到末日之地算是祭拜哀悼秦非、瑞秋及陳少文的一種方式。

至於下屆晶石大戰？

里昂的說法是：「關我屁事！」

馬拿深呼吸一口氣，盯着二人內心念頭急轉：「此事太大，我們祭司之間需要討論一番再作決定，你們先回去吧。」

「嗯。」思思朝馬拿行禮，轉身離去；里昂則只是微微點頭，便緊隨而去，只剩下兩個背影。馬拿蹙眉苦思，然後輕按腕間的天訊儀：「緊急會議，所有祭司到圓桌集合。」

拾肆 再入死地

里昂跟着思思，突然開口：「喂，妳搞甚麼鬼？」

思思頭也不轉：「之後你會知道的，但現在我不能告訴你。」

里昂皺起眉頭，只覺眼前的思思像是突然變了一個人般：「隨便妳吧。」

「你會跟着一起到末日之地吧？」

「廢話……我還得去看看他們的屍骨還在不在那邊。」

「嗯。」思思點頭：「那就準時出現吧。」

里昂見狀大奇：「妳就這麼有自信，祭司一定會答應？」思思想起秦菲在她耳邊說的話，驟然露出一抹嘲弄之色，一字一句的轉達着：「他們一定會答應的。對他們來說，在晶石大戰中獲勝是無可抵抗的誘惑，就像狗看到骨頭一般。」

「不論代價有多大，只要我保證『下次晶石大戰勝出』，他們就一定會答應。」

里昂倒抽一口涼氣，四周看了一眼：「妳……」在看到向來乖巧的思思竟以狗來形容十祭司，他像是看着一個陌生人：「思思，妳到底發生甚麼事了？」

思思止住腳步，看了他一眼：「我知道了真相。」

語畢，她再次大踏步而去。

以往只會依靠秦菲那個無助的小女孩，現在已經成長起來。

畢竟他們對抗的，將會是整個世界。

◎◎◎

時間飛快，轉眼間便是三天過去。

馬拿重新召來了思思與里昂，面上露出疲憊之色。這個會議斷斷續續持續了三天三夜，席間彼此爭論不已，最終投票以六對四，批准了思思申請進入末日之地的要求。

馬拿給了思思這個好消息之後，深深看了她一眼：「妳最好有足夠的信心。若最終我們付出巨大的代價後，妳卻甚麼都交不出來，恐怕我也保不住妳。」

思思恭敬鞠躬：「放心，戰神大人。我不會令你失望。」

◎◎◎

思思與里昂將再次進入末日之地的消息，不脛而走。

一時間，無數人聚集起來，把目光投向逐晶者石碑前，天天等待着「重炮魔女」思思與「狂劍士」里昂露面。甚至有很多商人準備了思思和里昂的小型人偶玩具，打算賺上一筆。

雖然誰也不能確定二人甚麼時候會進入末日之地，但反正這段時間裏，平常人數不多的逐晶廣場成了如鬧市般熙來攘往的地方。

過了月餘，當思思與里昂的身影出現在逐晶廣場時，頓時引起無數注意。

而不論是思思身後的巨炮還是里昂的光劍都配備完整，像是個準備出征的戰士。

這等威風引起無數尖叫聲，還有孩子憧憬的目光。

有畫家更是雙眸發光，在畫紙上草草勾勒出二人的神韻，準備畫上一幅大作，名留青史。

這次，馬拿等祭司並沒有出現。

畢竟這不是真正的晶石大戰，而是有代價的傳送而已，就連逗留時間也不會太久，所以不需要尊貴的祭司送行。

逐晶者石碑前，二人默然而立。

思思看了旁邊的里昂一眼：「喂，跟你說個秘密。」

「嗯？」里昂沒有看她，仍然怔怔地看着冰冷石碑上一個個沒有溫度的名字，逕自出神。

五道光芒從天而降，當中兩道把里昂與思思籠罩在其中。

「秦菲沒有死。」

里昂一怔，轉身看向身在光柱內的她。

就在這時，有三道身影從喧鬧、瘋狂的人群中走出來。他們均穿着蓋頭的兜帽長袍。其中一人平靜地走進光柱之中，脫下了兜帽，露出了她那橙色長髮，以及其傾城之容。

整個廣場的聲音陡然變得寂靜，呼吸聲都為之一窒。

不知道是因為竟然有人膽大包天想跟着到末日之地，還是因為在光柱中如女神般的絕色容顏而失去說話能力。

秦菲看向里昂點了點頭：「好久不見。」

語畢，整個廣場瞬間亮了起來，五道身影在廣場的晶石能量包裹之下，化成了五道藍光沖天而飛，直奔南方而去。

◎◎◎

末日之地，並不是那般好闖。

那是因為末日之地是世間能源核心——晶石的產地。該地長期充斥強烈至極的能量風暴，舉凡生物皆會在風暴中被撕碎，難以存活。

哪怕有生物能夠在這種恐怖的風暴裏活着，晶石能源產生的可怕輻射也會讓生物突變，繼而異化成怪物。

所謂「末日」，不是一個虛名。

因此，每年晶石大戰發動之前，美其名是埃依比與達偉爾需要共同發動裝置消去能量風暴與輻射……實質只是他們這些外星生物的奴隸，乖乖向主人提交申請，好讓外星生物發動裝置，消去該能量風暴，提供場地予這些低賤的人類打上一場，為它們上映好戲。

為達到這個目的，秦菲便想出了這個辦法。

她實在無法等到下一個十年、下一場晶石大戰。

一切必須劃上休止符。

就在今天，一切都要結束！

砰砰砰砰砰——

五道身影，先後落在營地旁。

居中那橙髮的身影漸漸站起來，以凌厲的目光，鋒利地看着末日之地。

◎◎◎

秦文廣摸着他一頭短髮，橙色的短髮令站在山間的他，驟眼看來就像一顆小號的太陽：「我們這麼多年來，偷偷潛入過末日之地五次，幾乎已經確定那裏是晶石的來源地。」

秦非手中拿着木劍，感受着這種原始的兵器。很奇怪的武器，明明是木製，堅硬卻是堪比鋼鐵。更重要的是，看上去如此平平無奇的木劍，竟然能抵擋任何能量武器。

但更令她驚訝的，還是夕陽山獨創的機關術。

像秦文廣救下秦非時那塊能自動變成護罩的木板，便是其一。

在失去科技與能量之下，夕陽山透過異木與機關術，走出一條專屬於他們的路。

「説重點。」

聽着秦非冷冰冰的説話，秦文廣也是有點無奈，心中吶喊：「我可是妳的叔叔啊。」

「我們的目標是毀掉外星人的基地。」

秦非揮舞着木劍，汗水於夕陽中揮灑，氣也不喘的開口道：「若是那麼簡單，你們進去的那五次大概也這麼做了？」

秦文廣苦笑：「是的。每一次我們都只能乘着晶石大戰舉行的時候，混水摸魚的偷跑進去。畢竟裏面的能量風暴可不是開玩笑的。」

「除第一次探勘之外，之後三次進去的『初晨』部隊均像是憑空消失一般，杳無音訊。而第五次嘛，就是我這副老骨頭進去把態度不佳的姪女救出來。」

秦非像是對秦文廣的埋怨充耳不聞：「既是如此，那些外星人大概也知道夕陽山的存在了。但……他們為甚麼對我們坐視不管？」

秦文廣哈哈一笑：「真的是坐視嗎？還是説——無可奈何？」

「別忘了，夕陽山擁有獨特的磁場，一切能量在這裏均失去意義。晶石武器在這裏就連一根木箭都比不上，那些外星人又怎麼能對付夕陽山？」

「嗯。」秦菲點頭表示認同，出劍如風。她的動作漸漸快了起來，比起劍的揮斬，她更擅長用刺。

筆直的刺擊猶如子彈射擊的軌跡，令她能更好、更快地掌握。

她的動作停了下來，手中的劍定在一名突然闖入的青年那脖子上。後者面色青白交加，盡是難以置信之色。她才接觸劍術不到兩個月，怎麼可能進步神速如斯？

他是秦文廣的三兒子——秦鄉。

在秦菲來到之前，秦鄉明明被視為很有可能繼承「初晨」部隊的人。但是此刻敗在秦菲劍下，他內心卻是連生出「不服」心思也辦不到。

對於秦菲，秦鄉已是崇拜而敬佩。這個憑空出現的堂姐實力非凡，腦筋又好。哪怕將來「初晨」被她帶領，他都會無條件的追隨。

「外星人在哪裏？」秦菲抹去汗水。

「不知道。」秦文廣很乾脆地開口。

「外星人長怎麼樣？」

「不知道。」

秦菲不滿地瞄了秦文廣一眼，沒有吭聲。秦文廣則是很爽快的聳肩：「若是我甚麼都知道，恐怕早就解決這一切了。」

「這麼說，我也沒甚麼選擇了。」秦菲下定決心：「就讓我來當第一人吧。」

她把劍扔給秦文廣：「劍幫我修得幼一點，最好能帶有彈性，會更適合刺擊。」

「就這樣？還有沒有其他要求？」

「嗯，要兩把。」

◎◎◎

「甚麼？」馬拿霍地站起來，聽着下屬的匯報——秦菲沒死，突然出現在廣場。在所有人反應過來之前，便跟着傳送至末日之地了！

馬拿與所有人一樣，呆若木雞。

但他終究是祭司之一，面色瞬間變得複雜起來。作為祭司的他，代表身份地位超然，而他知道的，自然比一般民眾多。

他知道「大人」的身份，便是至高無上的外星智慧生物。

他知道這些年來，一直有不知從哪裏來的神秘人闖進末日之地，只是最終他們都被外星智慧生物無情地殺死。而想要調查出那些人是來自神秘詭異的夕陽山，也不是甚麼難事。

但真正派人去攻打的計劃，卻一直被「大人」所制止，久而久之誰都沒有把這些事放在心裏。

畢竟那些進末日之地送死的人，自有「大人」去對付。

而現在，秦菲……

一時間，馬拿內心泛起強烈的不安：「傳令下去——」

就在這時，另一名下屬闖了進來，面色灰白：「祭司，敵……敵襲……」

拾伍
夕陽
峰頂

里昂看着自腕間抽出紅繩綁起頭髮的秦菲，又看向她旁邊兩個同樣擁有橙色頭髮的青年，目光不斷自三人之間流轉。

偏偏秦菲卻像是對他的震驚視若無睹，只是望着思思：「有準備我的嗎？」思思聞言一笑，自腰間抽出了兩枝手槍。

秦菲信手接過，輕輕掂量。

真是熟悉的手感。

跟當年一樣的武器——零式光槍．改！

拾伍 夕陽峰頂

她雙手把光槍置於掌心中轉動，槍枝漸漸幻化成兩團殘影。一旁兩名橙髮青年看着，也是不禁面露好奇之色。畢竟這種兵器他們雖有從父親及堂姐口中聽説過，但此刻看着她玩得如此熟練，二人難免像初次見魔術般盡是驚奇。

兩團殘影飛入空中，卻瞬間被兩隻玉手接回，插進腰間。

有些記憶，是永遠不會忘記的。

「喂喂喂！」里昂的聲音大了起來，質問秦菲：「快把事情説清楚！現在是甚麼回事？」

秦菲瞄了他一眼，橙髮與紅色髮繩輝映，醒目異常：「我會在路上跟你説的。現在閉嘴，跟上。」

里昂看了秦菲一眼，當這個曾經魂牽夢縈的身影重新出現在眼前，那種不真實的感覺還是令他恍如身處夢中，暗地裏猛掐自己的大腿好幾下。

旁邊思思望着里昂那怔怔盯着秦菲的模樣，面上泛過一抹微不可察的苦澀。只是她掩飾得很好，無人能夠窺見。

◎◎◎

末日之地廣闊而浩瀚。

甫進來以後，秦菲像是對一切熟悉無比，朝着一個方向邁進。上次他們進入末日之

地，同樣是有着清晰的目標——沿路推進，擊毀敵方的晶石營地，藉此取得勝利。

哪怕是行走在險地與廢墟之間的「狩獵者」，其目標也只是透過敵人不知的情況下突然殺個措手不及的偷襲。

幾乎每一屆晶石大戰，他們都會忽略野區，只專注在與敵方的戰鬥。

而現在，秦菲一行人便是行走在野區之中。

里昂四處張望，觀察着末日之地的野區。他好幾次想要開口詢問，但在看到秦菲俏臉含霜後，便一語不吭，逕自往前走。

◎◎◎

「外星人最有可能躲藏的地方，大概便是在末日之地了。」

秦文廣面色不變，顯然早有相同想法。

末日之地，也是晶石誕生之地。若不控制好晶石的話，又豈能讓達偉爾跟埃依比一直前仆後繼地派出人類互相廝殺？

秦文廣自顧自在古井打水：「我們探勘過的地方不多，但有了一個大概的想法——」

「野區。」

野區很大，整個末日之地本來就等同一座大城市。若要闖進裏面還如閒庭信步般尋找，根本就是送死。像之前秦文廣闖進去，也不敢多留便逃竄出來，這便是原因。

秦菲木無表情看着秦文廣，那目光像是他在說廢話一般。

「咳咳。」秦文廣瞪了她一眼：「別急。」

「末日之地身處的地方，本來就是很奇特。我們尋找過尚存的文獻，按照記載那裏是一個被海洋包圍的孤島。」

「而在孤島上，有很多個神秘的巨像。那時候的人類還以為是天神的奇蹟，對之膜拜，並在那裏建立文明與人類的居住地。」

「後來，據聞有天火降臨，海洋被向外驅散，從此能量風暴常駐，變成我們眼中的末日之地。」

「我們拿着簡陋的古代孤島地圖，親身進入末日之地比照。在末日之地往南走到極端，便是當年孤島所在之處，也就是文獻所言——天火降世之地。」

◎◎◎

末日之地的樹木很是奇特，紅的藍的皆有。

或枝葉揚動如火焰擺動，或枝頭結霜通體似冰。

隨着他們一行人不斷走着，已是來到一處巨大的廢墟。

在這裏，可以看到一些倒塌了不知數十還是上百年的巨大建築，房頂與尖角自地面拔出，像是訴説着曾經的人類文明早已被塵土掩蓋。頂着橙髮的三人相視一下，均從彼此眼中看出喜悦之色。

這裏的建築風格與他們從文獻中看到的幾乎一樣——

也就代表他們沒有找錯地方！

就在這時，秦菲瞳孔微縮。

幾乎在同時，里昂的身影如閃電一般衝出，背上的大劍不知何時已被握在手中，豎直於身前若盾！

轟隆！

紅光消散。

里昂面色漠然，寸步未退。

但從他粗重的氣息，看出他並不平靜。

不是因為擋下那一記炮擊，而是因為身前之人。

「三年前沒能死去……為甚麼今天還要回來送死呢？」

這一道身影似是憑空冒出，又似是從亙古以來便棲身於此地。那帶着猙獰傷疤的人類，不論是秦菲、里昂還是思思，都畢生難忘。

那是獨狗。

「讓路。」秦菲雙手一甩，兩把光槍不知何時落入手中，橙色的馬尾隨風飄揚，瀏海無法掩蓋她冷漠的雙眸：「否則，我可以令你多死一遍。」

獨狗微微一笑，只是隨着他的笑容，扭曲的疤痕反而令他的臉容看起來越發猙獰。他腰間插着雙刀，證明來者不善：「本來我還不相信，聽說埃依比有瘋子趁亂擅闖末日之地，但現在看到妳這瘋女人，倒令我相信了。」

說着，他摸了摸胸口，彷彿感受到多年前那貫穿胸口的一箭。他看了看在身前的數人，嘴角勾了起來：「沒了那個射箭的女人，妳怎麼能打贏我？」

一邊說着，他的左邊眼珠一邊不自然地轉動，隱見玉石的光澤。比起之前，現在誰都能夠輕易認出這是一隻義眼。

秦菲沒有再回應他，逕自與身後的眾人道：「都退下，交給我。」

獨狗帶着猙獰的笑容，渾身散發出達偉爾獨有的晶石紅光，恍似渾身浴火的魔神。

呼——

橙影於廢墟間舞動。

那站於某座廢墟之頂的獨狗同時消失。

剩下的，只有紅與橙的光影交錯與槍火之聲。

芻狗很可怕。

經過上一次戰鬥，已證明了這個事實。

如再造人般以全身科技戰鬥的他，一般人類根本不會是他的對手。但令他眉頭緊皺的是，秦菲的速度比起當年快了不知多少倍，甚至已等同渾身經過改造的自己。

「看來妳有不凡的造化。」

秦菲漠然看了他一眼：「也是拜你所賜。」

她雙槍連動，數道弧線像是被她的手「甩」了出去。

哪怕她多年沒有拿槍，但這對於她而言已成本能的驚世槍術「弧線槍」仍能被她輕易地施展出來。

「真是麻煩。」

芻狗左手前臂打開，把赤紅的光盾架於身前，光槍打在其中只泛起陣陣漣漪。

當他挪開了光盾之際，卻是愕然發現失去了秦菲的蹤影。

◎◎◎

「這樣下去，我不會是芻狗的對手。」秦菲面色平靜。但秦文廣還是能夠從她眸色深處，看出一抹焦急之色。

芻狗已死。

但他知道，秦菲所說的話是甚麼意思。

芻狗是一個實力的準則，也是頂級戰士的代表。

秦菲這次要進末日之地，對手不再限於「人類」，而是一切的始作俑者——外星生物。

能夠統領地球多年，甚至把人類當作玩物一樣，肯定不會是一般人能夠對付。

若是連「人類」的芻狗都比之不過，更遑論是外星生物？

秦文廣沉默片刻，看向遠處：「妳知道妳的爺爺是怎麼死的嗎？」

秦菲聞言一怔，不明白秦文廣突然說這些話有何意義。

「我們身處的只是夕陽山的山腰處。若沿着山脈往上走，夕陽山的峰頂海拔足足有四千米以上，乃是絕地。」

「夕陽山一直有一個傳說——只要走上夕陽山頂，便能夠擁有超乎常人的力量。」

秦菲神情仍然平靜：「我不認為把性命交給虛無飄渺的傳說是明智的舉動。」

秦文廣面色不變：「妳不覺得自己與其他人不一樣的嗎？不論是反應、思考方式等等，都比一般人來得更加優秀。」

「因為那不是傳說。」

「我們秦家曾有一代先人登上夕陽山頂並成功回來，名為秦天琦。也是自秦天琦先祖

起，我們才開始走出夕陽山，查探關於世界的一切。而秦天琦先祖的後代，每一個都擁有比起一般人類更加出色的身體質素。」

秦文廣看着秦菲，摸着自己的頭髮道：「我們承繼的橙髮，據説也是自秦天琦先祖才有的遺傳特徵。」

「既然妳願意相信外星生物，為何不願相信夕陽山的傳説？」

秦菲無言以對。

良久，她緩緩開口：「你説爺爺……」

秦文廣面色泛過一抹悲痛：「當年大兄去世，我們又遍尋妳無果。父親心存愧疚，認為是自己派大兄到埃伊比作臥底以致害死了他。而這一切，都是因為我們沒有足夠強大的力量。」

「父親走往山頂，便再也沒有回來。」

秦菲聞言仰首，望向高峰。

峰頂自某處便繚繞着濃厚的雲霧，久纏不散。

秦文廣光是看着秦菲的目光，便意識到甚麼，面色凝重開口：「多年以來，決心登頂的人已然上百。但真正能夠回來的，就只有我秦家的先祖。」

「存在，本來就是透過無數選擇而決定我們的人生。」秦菲目光仍然看着夕陽山頂：「就像爺爺選擇進山頂，父親選擇進埃伊比。這一切都是我們的人生，也是決定我們存在的意義。」

「而現在該換我了。」

◎◎◎

就在芻狗失掉秦菲身影之際，他忽然察覺到了甚麼，猛地抬起頭。

橙影墜下如一顆流星。

伴隨而下的，是兩道劍影。

她手中的雙槍不知何時重新插於腰間，取而代之的是她手中憑空冒出的兩柄細劍。

劍身很是秀氣，看上去不像劍，更似是修長的繡花針。

但在芻狗眼中，劍身卻透着可怕的寒芒。

他不明白，秦菲為何短短數年，速度比起經改造過後的他還要快？抬頭的瞬間，已是寒意撲面。他只來得及把光盾抬起，想要擋住那兩柄看上去秀氣又可怕的劍鋒。

只是劍身卻像是沒受到任何抵擋，穿過了光盾，沒入芻狗的雙肩。

嗤嗤——

劍身一進一出，卻沒有帶出血光，只有無數火星噴吐而出。

芻狗跪倒在地上，面上盡是難以置信的驚怒之色，只有仗劍而立的秦菲，面無表情站在原地：「你輸了。」

拾陸
開門見山

拾陸 開門見山

整場戰鬥由開始到完結，不到五分鐘。

不論是里昂還是思思，面上皆帶着駭然，看着秦菲如同看着某個怪物。至於另外兩位橙髮同伴——秦復與秦光卻是面露自然之色，彷彿芻狗不在彈指間敗陣才是匪夷所思之事。

對夕陽山的人而言，能夠自夕陽峰頂回來的便是天下無敵的人類。

而在他們出發到末日之地前，訓練唯一的目標就是二人合力在秦菲手下扛過一分鐘。

只是直至今天，他們都沒能做到。

躺在地上的芻狗，面色既驚且怒。但偏偏他的雙臂被廢，就連像上次那般發動自爆也辦不到。

似是察覺到甚麼，秦菲手中劍鋒如針落下，不帶半點煙火氣，已是沒入芻狗大腿根。又是無數火星亮起，他甚至無法站起來逃走。失去行動能力的芻狗旋即像垃圾一樣，被秦菲一腳踢到遠處。

呼——

雙劍一甩，肉眼可見劍身化成她腕間兩隻木製手鐲。

那手鐲竟然能夠化成劍？不得不説多年以來，夕陽山雖然失去科技，但發展出專屬的機關術。明明長若三尺的刺劍，卻能轉換成如此小巧精緻的手鐲，簡直是神乎其技。

里昂、思思、秦復與秦光來到秦菲身後。

特別是里昂與思思，內心五味雜陳。

曾經強大得讓整個埃伊比晶石小隊幾乎敗陣、最終只能以兩敗俱傷的方式戰勝的芻狗，此刻在秦菲手下竟是無還手之力，又豈能不讓他們百感交集？

「走吧。」秦菲轉身，看着南方。

在他們的前方，有一片紅藍交錯的巨型光幕，似是接天連地的聖光，不容侵犯。

就在這時——

轟隆！

一道巨大的聲音響起：「**回頭吧，這是神給予你們最後的慈悲。**」

聲音漠然，如同冷酷無情的電子音效鑽進腦海。

眾人面色微變，只有秦菲仍然木無表情。客人都到家門了，豈有不出來迎賓的可能？

她似是充耳不聞，朝前走着。

轉眼間，已是來到那片光幕之前。

轟隆！轟隆！

風雲變色，雷霆大作，但秦菲面色平靜如初。

生死以外無大事。

我已置生死於度外，風聲雨聲豈能動搖我心？

她的手輕輕探出，觸在光幕之上。如青蔥般的五指落在光幕，卻似觸碰了某種鏡花水月，亂了天地。

光幕如有巨石落下，泛起激烈至極的波浪，旋即不斷顫動着。

秦菲後退兩步，與眾人並肩仰首，觀看眼前的變化。

天地似是大變。

也不知道這片光幕自晶石問世之後，橫亙於世人眼前歲月幾何。直至秦菲這似不知敬畏的碰觸，終於萌動。

哪怕心性強大如秦菲，在看到眼前的畫面之後，也是不由得內心猛烈地顫抖起來，倒抽一口涼氣。

◎◎◎

自秦菲三年前得知晶石大戰的真相以後，她的內心生起了一種猜測。她翻閱了夕陽山自世界各地搜羅的殘餘資訊繼而分析——地球本來就是一個相當完整的星球，擁有自我修復能力。

哪怕千年前世界近乎覆滅，但每個星球本身就有自我修復能力，按道理計這些年來理應修復完成……

何以北方仍然嚴寒、西方仍然熾熱、夕陽山仍然磁場瀰漫？

就在這時，秦菲作了一個很大膽的假設——晶石！

開門便要見山。

只是在這門剛開，見的沒有山，而是坑。

如果把世界比擬成有血肉的人，浮現在他們眼前的，便是一個猙獰至極的傷口。

這座深坑至少千米直徑，深不見底。藍色、紅色的晶石像是傷口上結成的痂，在崖壁上扎根着。

晶石散發着或幽藍或焰紅的光芒，照耀得眾人的臉龐一陣紅一陣藍。

但不知為何，比起一塊塊痂，秦菲反而覺得那更似吸血的水蛭。明明此地熾熱如火，但秦菲卻感到內心冰寒一片。

以往在埃伊比但求生存苦苦掙扎得來的晶石，在這裏處處可見。

但知道了一切真相的秦菲，明白晶石賴以成長的是甚麼。

一切都變得合理。

晶石，本來就非地球之物。它具有雄渾而充沛的能量……那麼，它的能源又是從哪裏來？

那是因為它的能量來源，就是不斷從地球汲取能量。地球之所以一直無法修復，都是因為晶石。

世人賴以生存之物，便是導致地球陷入千年絕境之物。

當真諷刺至極。

秦菲緊緊握住了拳頭，看着眼前的大坑，默然無語。

人類沒有未來。

只有一個方法——便是毀了晶石，破而後立。

只是在那道千米深坑上方，卻有一片濃而不散的陰影。

陰影修長，如長年懸於九天的烏雲，又似傳說中佛祖身下的蓮座。

晶石之源固然震驚，但當與空中的陰影相比，又顯得微不足道。

懸浮在半空的，是一艘飛船。

◎◎◎

飛船乃是字面上的解說，而非基於一般人對外星生物構想那種圓盤形狀、能夠無視力學懸浮在空中的神奇科技。

這……是一艘會飛的船，通體呈長方形，目測算不出高與寬，帶有一種奇異的觀感。一眼望去，儼然懸浮在天空的山。多看兩眼，又似是一座懸空的島。若是仔細看去，會覺得那是一座搬到雲間的大城。

但若要最直白地陳述，那就只是一艘極長極高的船——就如人類文獻記載中能夠破海而行的大舟。

秦菲對於外星生物有過千百種想像，但眼前的飛船卻是出乎了她意料。

「這麼多個紀元以來，妳是首個來到這裏的人類。」

「對此，我們感到佩服及欣喜。」

聲音自飛船響起，如同梵音般直接響在心底，令眾人面色微白，又驚又怒。

秦菲很認真地看着眼前的飛船，良久。

她突然發出一道深深的歎息。

這一歎息，似是渾身上下的力量盡數散去，對世間失望透頂、最深沉的發洩。

秦菲仰首，看着那艘飛船。

「原來，從來都沒有外星生物。」

「都是人。」

天地陷入沉默。

前方深坑似是有火海滔天，天際間電光不絕。

但眾人卻覺得似是落針可聞，能夠清晰聽到自己的心跳聲。

片刻，那艘飛船的船頭亮起一道光芒。

光芒如三維投影，直接打在地上——秦菲的身前。

那是一個人類的身影。

可是那人類看上去很是奇異，無眼耳鼻舌，無髮無眉，只有一個人影的輪廓。但他站在秦菲身前，眾人卻感覺到他在「看」着秦菲：「妳是怎麼看得出來？」

「猜的。」秦菲面色看似平靜，但呼吸帶着一絲混亂：「給我一個理由。」

「我不明白妳說的話，妳需要甚麼理由，而且妳哪來的資格向我們要理由？」那「人」無嘴巴，聲音全是憑空響起，很是詭異。

「如你所言，就憑我是第一個來到這裏的人類。」秦菲看着眼前的人：「我有資格為我賭上性命來到這裏的結果，得到一個交代。」

那身影沉默下來，似是在思考着。

良久，那身影重新開口：「好的，妳要求的交涉，我們接受了。」

◎◎◎

那是距離晶石紀元不知道多少世紀前的事情。

世界科技無比發達，但人類對於環境索取無度，使地球無法調息。狂風、暴雨、海嘯、地震……各式各樣的天災，令整個地球陷入了絕境。全球人口暴減，每一天的死亡人數都以十萬起計。

人類已到了生死存亡的絕境。

就在這個時候，致力發展外太空探索的科學家——黎守恆教授匯聚各家海量的資金，於極短的時間完成了他一直在進行着的計劃。

打造一艘能夠長年於外太空執行探勘任務的太空船。

為了達到該目的，黎守恆賦予了它最光明神聖的名稱。

這是源於神話，根據上帝的指示而建造的大船——方舟。

黎守恆發展的「方舟計劃」執行已逾十年，早就到了最後測試階段。但世界比預想中更快到達最後的時刻，黎守恆並沒有充足的時間進行測試。

來自各國的權貴、領導、富商花光畢生的金錢，換取了一張登船的船票。

就在世界毀滅之前，方舟浩浩蕩蕩地起航，脱離了地表進入外太空。

登上方舟的人們為自己脱離死亡的陰影而感到喜悦，連夜狂歡。

這場狂歡，足足持續了三個月。

船上的人類漸漸平靜下來。

之後，他們開始面臨新的問題。

方舟本來是提供給受過訓練的太空員進行太空探勘，雖然擁有充足的食物及自我供給系統，無礙生存。但哪怕方舟是斥巨資打造而成，終究不可能避免所有危害物。

太空影響人體健康最重要的因素就是失重，更精確的定義叫做微重力。生活在這種環境下，對人體會造成三種重大的衝擊：肌肉運動知覺的損失、液體分佈的改變，以及肌肉骨骼系統的退化。

除此之外，還有更多、更複雜的影響。而當中有很大部分都能夠經過身體鍛煉與太空模擬演練來克服。

可惜登船的人大多未經訓練，身體羸弱。無法適應太空極端的生存環境，每天都有人生病甚至去世。

黎守恆利用方舟系統做了一個模擬演算——只需要十年，飛船裏面的生命將會銳減九成。而剩下來的一成人類，也無法在尋找到新的適居星球之前存活。

如此下來，他們最終還是難逃滅亡。

於是，黎守恆公佈了一個方法。

所有存活的人類可透過意識接入方舟的系統。

這種玩弄靈魂的做法形同與惡魔交易，自然引起了強烈的反彈。但黎守恆從來沒有強逼人們作出選擇，直接在公佈過後的第二天，他自己便選擇了與方舟連接。

當他擔任先行者率先把意識上載至方舟之後，他以三維投影與所有人類見面，並在所有人眼前，把自己的殘軀投放至外太空。

「這是人類生命踏入全新紀元的時刻。」

「我們不再需要迎來出生、病痛、死亡。我們將捨去人類脆弱的身軀，靈魂不滅，從此成聖。」

在黎守恆以身作示範後，首先表態的是那些本來已抱病在身或行將就木的老人。有了一就會有二。

經歷了好一段時間，整艘方舟再也沒有人。

與此同時，整艘方舟都是人。無數三維立體投影於舟裏自如行走、交流。他們沒了慾望——物慾、性慾、食慾。

又或者說，他們成為了這艘方舟。

拾柒
走肉行屍

拾柒 走肉行屍

捨去肉身的「方舟」，對時間的觀念大大減弱。

方舟當年的設計，驚為天人。對其能源的需求極低，能夠透過飛船航行的途中直接從宇宙吸收並轉換能量，也就代表方舟能夠無止境地航行。

在浩瀚無邊的宇宙之中，方舟遇上了至少十三種不同的外星生命。或許是因為失去了慾望的緣故，方舟只有遇上，並沒有交流。

失去肉身的束縛，方舟擁有無盡的歲月。每當到了一個新的星球，方舟便悄然汲取星球最精華的科技融入系統之中。歷經難以衡量的光陰之後，方舟變得無比強大。

但奇妙的是，雖然失去慾望，但方舟卻對於「征服」有一種莫名的執着。

強大的方舟，征服了一個又一個星球。

只是在殺戮與戰勝過後，方舟實則一無所獲，揚長而去。

沒完沒了的征服成了方舟生命之中唯一的「消遣」活動。但當時間久了，方舟終於察覺到如此的征服並沒有意義。他們需要「肉身」對已征服的星球進行管理。

當然這並不代表他們重新渴望肉身，方舟很滿意自己永生不滅之軀，但他們需要一些牧羊人，替他們管理很多很多的星球。

某天，他們想起了自己起源的星球。

方舟回到了地球，很罕有地泛起了驚訝的情緒。

地球上的生命並沒有完全消散，雖然數量很少，但仍然有人類存活着。而這些殘存下來的人類，或許是因為身處絕境掙扎求存，其身體質素與精神力量比起方舟見過的各種外星生命還要來得強大。

「人類」這一種生命，上限與下限如雲泥之別。

殘存下來的人類，已算得上是一種強大的生命種族。

這看來很適合成為方舟的牧羊人。

於是，他們把獲於某個星系的晶石能量嫁接至地球，位置正是當年黎守恆的方舟研究室。

這種晶石能量很是強大，介乎於礦物與生物之間，能透過汲取星球的能量而自我分裂、衍生。

當年方舟發現這種晶石能量的時候，那顆星球已經到了滅亡的邊緣。

整座星球沒有任何活物，只有那遍地閃爍的晶石。

死寂一片。

把晶石能量嫁接在地球之後，晶石很快地「壯大」及「成長」。

方舟通知了人類，猶如神音一般傳授了晶石能量的使用方式，以及早已失傳於世的科技。

對於人類而言，那就如神明教導如何使用火。因此，眾生對橫亙於末日之地的方舟，只有最深的敬畏。

隨着晶石技術發展成熟，方舟認為時機成熟了。

為了挑選他們的「牧羊人」，方舟舉行了晶石大戰。

◎◎◎

聽着眼前身影以無波動的冰冷聲音陳述着故事。

里昂面色通紅，呼吸急促，嘴皮子幾次顫抖，最終還是隻字未能吐出。思思掩住了嘴巴，淚水一直流、一直流，同樣說不出話來。至於秦復與秦光更是在喃喃自語，宛如魔怔。

秦菲望着眼前的身影：「我該喊你……黎守恆教授嗎？」

身影搖了搖頭：「我是黎守恆，但同時也是費達遜·芬奇、曾琬婷、艾麗·威廉士、曾映吟、喬治·布朗、鄧立偉……」隨着他的説話，似是幻化出重複的身影，站在身後。

三維立體投放的人影變得密密麻麻，如同軍隊。

每一個都是一式一樣，無五官無髮無眉，只有最深沉的空寂。所有身影齊齊響起聲音，形同梵音：「妳説的不算準確。因為我們與你們不一樣，我們不是人類。」

為首的那個人影續道：「我是方舟，我們全都是方舟。」

「嚴格而言，我們是『外星生物』，這説法並不為過。」

説罷，它朝着秦菲遞出了手。

這手，代表的是橄欖枝，也是永生不滅的邀請。

「秦菲，妳很出色。我們回到地球很多年，卻從未見過如妳這般出色的人類。所以妳有資格進入方舟，成為我們的一員。」

「這也是我們願意向妳解釋的理由。」

「來吧，捨去脆弱不堪的肉身，成為與宇宙同在的方舟吧。」

秦菲看着眼前的手，默然無語。

里昂面色緊張，始終未發一言；思思倒是面色平靜。

哪怕多年不見，但思思從一開始就知道秦菲的選擇。

「你知道為何我猜到你們是人類嗎？」秦菲仰首，看着眼中那如仙島一般的方舟。直望着傳說中的天神，她眼中卻是無畏無懼：「獅子撲兔，是因為生存。世間萬事萬物，皆有其平衡。」

「像世間遇上不可逆轉的末日，但當給予世界一定的時間，它便會自行重設，如系統重新開機一樣，把一切倒退重來。」

「即使我沒有見過別的外星種族，我至少知道——」

「唯獨人類，骨子裏最渴望征服與奴役別的生命。」

秦菲的目光冰冷至極：「哪怕你們裝得很像神佛，在我眼中，你們依然只是一堆刻進人類劣根性的擬人數據罷了。」

無數身影不斷重疊合併，最終匯聚在秦菲身前的那道人影之中：「秦菲，我是否可以理解，妳已拒絕了我們的邀請？」

呼——

秦菲的手如閃電般自腰間拔槍，抵着眼前投影的眉心：「滾吧，令我噁心。」

轟！

槍火響起。

投影是虛無的，這一槍自然沒對方舟造成任何傷害。

聲音重新自方舟響起：「交涉失敗，改變秦菲的價值——測試最新人類兵器的能力上限。」

呼——

呼——

眼前如看不見盡頭的深坑處，竟然憑空躍出了兩道身影。

里昂、思思已是不禁失聲大叫。

就連秦菲也是面色凝重，握着雙槍的手微微顫抖。

她萬萬沒想到，自己竟然要與他們為敵……

眼前兩道身影是一男一女。男的平靜站着，似是人畜無害；女的看起來也是嬌小可愛，偏偏身後掛着一把誇張的大弓。

二人的共同點，大概在於那漠然無神的神色，恍如行屍走肉。

他們，便是瑞秋．皮斯與陳少文。

◎◎◎

瑞秋含淚而逃。

畢竟她那一箭射穿了自己尊敬的隊長，哪怕為勢所逼，她還是帶着極強烈的內疚。在察覺到那可怕的爆炸即將來臨，她抱着大弓，不要命的逃奔。她要找自己的哥哥，繼而傳送回埃依——

她腦袋戛然一空，眼前一黑便是昏倒過去。只是身體卻似被某種力量所操控，懸浮在空中。

漸漸，有另一具身體與之會合，其胸口有着一道清晰可見的刀傷，血仍然不斷流着。兩具身體來到了廢墟，穿過那道光幕，落入猙獰的晶石坑洞之中。

◎◎◎

「人類潛力極大，但對於達偉爾那種改造身體，並非我們的心儀之選。」

「因為從他們改造的一刻起，已經限制了他們的前途與將來。所以更多時候，我們都是挑選埃依比的戰士。當然，也有少部分出色的達偉爾戰士能夠成為我們的牧羊人。」

「秦菲，我們本來首選屬意於妳。但妳的消失，令我們只能退而求其次。」

隨着頭頂黑壓壓的陰影聲音響起，瑞秋如同聽到某種命令一般，動了起來！

里昂福靈心至，電卷星飛般撲倒了思思——轟隆！

一記閃電劃過長空，落在身後不遠處一座廢墟，像是被極重火力的炮火轟炸，塵土飛揚，碎石滾滾。

思思內心怦怦直跳，死裏逃生令她盡是駭然。她看着那一箭的威力……這哪裏還是箭？已幾乎像導彈了吧？

至於里昂已是大聲叫嚷起來：「小秋！是哥哥啊！妳忘了嗎？」

瑞秋面色漠然，無喜無悲。她身影一躍數米之高，如飛入空中的大鳥。身在空中，她已是挽弓射箭。三道由晶石能量組成流星般的長箭呈品字形射出！

她射出的箭已經遠超出了三年前的境界，甫出箭便已化形成光。

就在這時，秦復、秦光同時出手。

秦復手中握着一柄看似平平無奇的木製長劍，秦光則是一杆木製長槍。二人的動作似緩實快，朝着天空的能量箭迎了過去！

轟！

雖然受奇特磁場籠罩的夕陽山奇木能夠克制能量，只是瑞秋不知用了何等技術，竟然能夠控制光箭的能量，在與木劍木槍交錯之前已是將其炸開。光箭成了炸彈，把秦復秦光二人同時炸飛。

至於剩下來的那根能量光箭，則被里昂手執大劍橫架於胸前接下！

轟！

衝力讓地面劃出兩道清晰可見的足痕，塵土飛揚間隱見光劍湛藍的光影微微閃動。

里昂還想着說些甚麼，但秦復與秦光已是從遠處急奔回來，朝着瑞秋殺了過去！

里昂先是一驚，連忙橫劍擋住了秦復的長劍！

秦復見狀怒叱道：「你想幹甚麼？」

「那是我的妹妹啊！」里昂目眶欲裂，暴喝一聲！巨劍在他手中如同玩物，橫蠻的力量竟是把秦復再次抽飛！

秦光餘光看到里昂把秦復擊飛也是大驚，連忙轉身想走過去支援。就在這時，思思嬌聲一喝：「小心！」當下她已是把背上的多明尼克五型抽了出來，對着秦光身後轟炸過去！

瑞秋本來已來到秦光身後，只待挽弓便把秦光直接射死。

幸而在察覺到堪稱戰場殺器的多明尼克五型那股強大的能量波動後，她選擇了避其鋒芒。

其身影當真鬼魅至極，猶如瞬間轉移，離開了重炮的轟炸範圍。

里昂看着思思，同樣狀若瘋狂舉劍相向：「就連妳也要殺我妹妹嗎？」思思猛地把手中的重炮擱下，走到里昂身前，無視他手中的光劍。

啪——

火辣辣的五指掌印，清晰地印在里昂的臉龐上。

里昂面露愕然，看着思思。

「你是瘋夠了沒有！？」思思尖聲大叫，眼淚不斷落下，指着那邊：「她哪裏像是你妹妹？你還沒有看透？她已沒有了自主意志！」

「若你還沒有立下決心，那就馬上轉身給我滾！」

里昂順着她的手指，看在遠處的瑞秋身上。

大弓被她握在手中，以往可愛動人的神態不復存在。只有最令人毛骨悚然的冰冷與陌生，彷彿她要射殺的不是自己的哥哥，而是螻蟻。

里昂深呼吸一口氣，握緊手中的劍柄。

「小秋，妳等我。哥哥這就來救妳了。」

◎◎◎

那邊四人應付一個瑞秋。

但秦菲與陳少文仍然對峙着，一動也不動。

良久，秦菲開口：「陳——」

轟！

聲音如某種觸發裝置，陳少文已是消失在原地。

拳頭已經落在秦菲的肚子上，把她整個人抽飛數米。

嗤——

重拳命中，陳少文又是消失在原地。剎那間已是來到秦菲落處的身後，一腳踢出。

噗！

秦菲雙手交錯擋住了他這一腳，嘴角血絲滑落：「沒想到你變成了這種半人半鬼的存在啊。」

「陳少文是我們最滿意的作品。」空中的方舟響起聲音：「世間從來不具備所謂的公平。陳少文的身體質素與反應，放在地球多年以來的前五之列。而移植了晶石心臟之後，速度、力量都會十倍化。」

「晶石心臟的技術，達偉爾只能模仿我們的皮毛。與方舟真正掌握的技術相比，差了何止萬倍。」

「安裝了晶石心臟的陳少文，實力已超越三年前的妳。」

「秦菲，如果陳少文能夠殺死妳，也代表妳其實一點也不重要。」

秦菲悶不吭聲，雙手交錯在頭頂，手腕微微扭動。

槍口對準了陳少文，沒有半分留情地扣下了扳機。

轟轟！

陳少文如早有預兆般一側頭，剛好閃過光彈。秦菲雙臂發力把陳少文彈開，陳少文借力一躍，身處在空中。秦菲眸底泛過一抹掙扎，最終還是對着空中的陳少文再次扣下扳機。

砰砰砰砰砰砰砰砰砰砰！

幾乎在頃刻之間，秦菲便把雙槍剩餘的子彈都打了出去！

八發光彈如同妖異的精怪般，或義無反顧般筆直前行，或帶着詭異的弧線，看不出落點。光是這一手槍術，已是舉世無雙。

身在空中的陳少文對着眼前如此驚才絕豔的槍術明顯沒有甚麼感觸。只見他雙手一翻，竟是不知何時把芻狗落在地上的兩柄短刀握在手中。

兩截寒鋒，卻化成無數冷冽的刀光。

每一道刀光閃爍，均直接把光彈剪碎。

兩道身影落地，對峙。

陳少文看上去還是那般平庸，秦菲仍然絕美若那座冰雪山，高處不勝寒。秦菲看着他，怔怔不語。

這些年間，秦菲最常浮現在腦海裏的，便是陳少文死前看着她的表情。

沒有對生死的恐懼，而是……擔憂。

他害怕秦菲會死，卻絲毫沒有理會過自己的生死。

秦菲抹去嘴角的血絲：「我不想殺你。」

陳少文沒有吭聲。

「但現在看來，你已強得讓我無法選擇。」

陳少文仍然沒有吭聲。

「很痛苦吧？」秦菲開口，怔怔地看着眼前的陳少文。

陳少文……還是沒有吭聲。

只是他那如僵屍一般的臉龐，滑下兩行血淚。

沒有抽泣，沒有訴說，只有單純的血淚。

秦菲收起了雙槍，手鐲彈出化成兩把刺劍，源於夕陽山的機關術看上去還是如此神奇。她握住了雙劍：「我這就來幫你解脫。」提着雙劍衝上，橙色的馬尾如一抹光痕，快如流星。

似是察覺到敵方合戰的厲害，瑞秋再沒有擅自妄動。

她站得遠遠的，不斷射出一道道驚世駭俗的光箭。

她的箭術還是那般可怕，現在擁有讓光箭爆炸的力量，令她的戰術變得多變起來。只是比起爆炸箭，那如閃電般的箭矢始終更加恐怖。

沒有任何肉身能夠承受她一箭。

拾捌
一言驚醒

中者即死。

里昂手中的劍、秦復秦光的獨特木製兵器的確能夠擋下，但若是擋不下呢？在這種強大的壓力下，他們只能狼狽地招架着來自瑞秋的光箭。

而同樣屬於遠程武器——思思的多明尼克五型雖然霸道，但終究射程上佔了絕對的劣勢。現在思思只能盲目對着瑞秋身處的範圍進行覆蓋火力射擊，比起真要打中快如流星的瑞秋，更多是透過炮火的光影擋住瑞秋的視線，當作掩體。

以思思為主力，秦復與秦光一左一右各持武器，全神戒備，以避免瑞秋難防的暗箭。

至於里昂一直都沒有出手。

他看着頂在前方手持重炮傾瀉着炮火的思思，沉默不語。

很奇妙。

感受着面頰帶來的火辣感覺，痛楚仍然清晰至極。

當他重新看到秦菲以後，心思竟然沒有落在秦菲身上，反倒徘徊在前方那個總是在背後替自己撐傘的女孩。是甚麼時候，這女孩子的身影烙在自己心底？

三年前自己在酒吧大醉一場，醒來方知曉自己被思思帶回家？

兩年前大病一場，只有思思在照料着自己？

還是那無數次大雨中，她只是默然地替自己撐傘？

很快，他的目光從思思的背影挪開，重回瑞秋身上，眸色閃動，不知道在想着甚麼。

他知道，思思會為他製造機會。

秦復與秦光不時擔憂地看着里昂，覺得這傢伙很是不可靠，到了這種時候還在猶豫；思思卻不然。

自瞧見里昂最後握緊劍柄的那刻，她便再沒有擔心過。

她注視了里昂很久。

於訓練時，於逐晶者石碑前，於食堂時；

於風中、雨中、雪中。

思思很了解這個男人，特別是當他立下決心時的模樣。所以她只在專心做自己能做的事情，哪怕沒有丁點炮火能夠落在瑞秋身上，但她堅信有些事情只要繼續做，一定會被看見。

沒有事情是毫無意義的。

就像她於風裏雨裏，總是默默守候着。

轟隆！

炮火聲太大，一時間也不知道那是天空的雷鳴還是火炮的轟炸聲。

只知道有風自身後刮起，揚起了思思的笑臉。

就連秦復、秦光也沒有留意那個看上去猶豫不定的男人，是甚麼時候消失。

陳少文很強、很快，那次在移動迷宮的訓練模式更是贏了里昂，但因為那需要講究反應、轉向的靈活。

若單論直線奔速，里昂至強。

◎◎◎

多明尼克五型乃是軍方重器，射出來如鉛球般的光彈一落在地上，便是一個直徑數米的圓形能量爆風。

似是察覺到里昂的消失，思思不顧能量消耗，重炮的火力陡然暴增。

轟轟轟轟轟！

剎那間，無數個圓弧的能量爆風炸開，形同一道高牆般架在瑞秋身前！

當年她正是靠着這「火力封鎖」的重炮技術，才能夠硬生生把達偉爾的暴槍直接拖死！

思思看着通紅的炮口，知道手中重炮已是到了極限。

明知失去炮火的掩護，瑞秋便會把他們當作靶子。

但她仍然深信……

瑞秋面無表情地等待眼前炮火的光影散去，然後把眼前的所有人都殺死。

呼——

忽有風起。

光影中，一抹身影如渾身浴火般衝了出來，大劍倒提在身後。劍身磨擦着地面，勾勒出長長的火痕！

他的那根金屬義肢足底同樣散發着驚人的火焰，似踏火而行。

在思思進步的同時，里昂自然不會容許自己原地踏步。單論速度，在義肢的提速輔助之下，比起三年前提升了三成以上。

瑞秋面色死寂依舊，似是不會因為任何事情動容。

她想要挽弓射箭，卻發現她的食中二指微微顫抖，竟似是連弓弦都挽不出來。

「我一直在算着妳射了多少箭。」

里昂已是撲到身前，瑞秋只來得及把大弓當作武器横架於身前！劍鋒與大弓相交。

這曾經並肩作戰、相依為命多年的劍與弓，因命運的作弄下，有了針鋒相對的一天。

隔着弓與劍，里昂面色猙獰，卻已淚流滿面，聲音帶着哽咽：「妳射了二十七箭。小秋，妳真是厲害啊！」

瑞秋有一個小動作。

每當她快到極限時候，便會甩一甩手。只有那時候，瑞秋需要休息才能再次射箭。

每當她有這個小動作，里昂便如暴走一般把所有敵人擋住。

人們以為那是里昂急功近利，想要攬下所有戰功，卻不知道是兄妹之間相依為命多年的默契。里昂總是默默留意着自己妹妹的狀態，同理瑞秋永遠都是里昂能夠一往無前的依仗。

當二人要成為敵人，這些便是他們賴以取勝的資訊。

看着淚流滿面的里昂，瑞秋那死寂無色的臉孔同樣流下淚來，張開嘴巴，聲音沙啞至極：「**哥哥，殺死我。**」

「小秋，辛苦妳了。」

他按下了劍柄的紅色按鈕，大劍那透過晶石能量發出的光刃變得更加凝聚、修長，隱隱帶來一抹鋒芒。

劍鋒寒，落無聲。

弓身被斬斷，瑞秋的胸前劃出一道猙獰的血痕。

里昂已是棄劍，雙手抱住了瑞秋，仰天長嘯。

◎◎◎

那邊以四打一。

這邊卻是一打一。

與之相差不遠，同樣來到了白熱化的階段。秦菲槍術驚世無雙，但陳少文那如閃電般的反應剛好是她的剋星。不論她再射上百槍，只要陳少文有充足的力氣，便能夠以反應作出規避或格擋。

秦菲洞悉到這一切，索性收起了槍，抽劍相向。

近身戰，便代表只要誰先擊中對手，就很可能會分出勝負。

陳少文自然不會有半分畏懼，雙手劃出無數銀影。雖然看上去有點不太一樣，但秦菲還是認出來——這是芻狗的殺着「七絕斬」。眼前的銀影如梭，哪裏只有區區「七」之數？

秦菲面上平靜，似是要與表情死寂的的陳少文比冷。

手中的木劍連點，如幻化出無數流星。

她選擇刺劍，有其原因。

槍乃是科技武器，射出的光彈從此間至彼岸，取直最近。

刺劍的刺擊，與槍很是相似。

秦菲雖然在用劍，卻是一直在以用槍的方式舞劍，所以掌控起來，並沒有花費太多的力氣。

與那些望而生畏的銀光刀痕相比，秦菲劃出的劍影很平庸，似不帶半點煙花氣。這樣平靜的劍影每出，便有一道銀光消散。

二人距離得極近，對望卻沒有深情。

無數煙火以二人為中心向外綻放。

每一道煙火便是劍與刀碰撞的痕跡。

於末日之景，男女相對而立，晶石的光暈照得二者形同仙人，配上漫天煙火。

此情此景，堪可入畫。

若沒有刀光與劍影，當真如古代記載有節名曰七夕，純情男女站於花火之中私訂終身。

嗤嗤嗤——

秦菲似是站在原地不動，身上衣服卻是劃出無數破痕，露出白皙的皮膚與血痕。

陳少文如僵屍般站在原地，但在那木然的臉龐，卻掛着兩道血色的淚痕。他身上同樣憑空出現無數破口，可見其內皮膚的灰白。

秦菲朝前走着。

每走一步，煙火變得更加密集。

一寸短一寸險，正是此理。

刀鋒劃過、劍痕破風的聲音越發密集。煙火之間夾雜着二人的血花，彷彿眼前畫面是一位用色極其大膽的畫師以斑斕的色彩繪畫着驚世之作。

秦菲看着眼前那流着血淚的陳少文，她內心生起一個想法。

戛然——

漫天煙火消散一空。

因為秦菲手中雙劍透過夕陽山的機關術重新變回兩隻平平無奇的手鐲。

二人出手何其密集？這形同送死的舉動，按道理應以死為代價。但那距離她胸口數分的刀鋒，卻是怎麼也刺不進去，彷彿她身邊有着最強大的晶石護罩。

秦菲罕有地面泛柔色，伸出了手，輕輕擋開了他的手，隨即投入他的懷裏。

「**醒來**。」

她說。

然後陳少文醒了過來。

這是怎麼一回事？

半空中，如山似嶽，又似把行雲當作大海般游移的方舟不斷閃爍，如同計算着甚麼。

結論出來了。

當年在末日之地，他們抓捕了瑞秋，又回收了陳少文的屍身。以其足以行走於宇宙萬千行星之中的科技，想要把屍身「起死回生」，倒也不算一件難事。

接下來要做的，便是清除記憶，把他們變成徹底忠於方舟的「牧羊人」。

拾玖
毫無意義

拾玖 毫無意義

人腦的複雜程度超乎想像，哪怕科技先進如方舟，想要清除記憶再植入「忠於方舟」念頭，整個過程也得花上十年。

直至現在，也只不過過去了三年。

在強烈的情感刺激之下，陳少文「醒」了過來。

鐺鐺——

短刀落在地上，陳少文有點手足無措，嗅着懷中秀髮的香氣：「妳有沒有事？」

聲音似是經十年未開的陳舊機械，充滿鏽跡與沙啞，但其中的關懷卻是表露無遺。

秦非搖了搖頭，緊緊地抱着陳少文。

這時，里昂抱着瑞秋的屍身，與思思、秦復、秦光一起來到秦非與陳少文的身後。

下一刻，他們頭抬起，仰望着如九天之上的大舟。

「秦菲，不得不再一次感慨，妳又一次出乎我們意料之外。」只是漠然而毫無波動的電子聲，哪有半分感慨之意？

秦菲放開了陳少文，但後者仍然擋在秦菲身前，面色盡是警惕地看着那艘方舟。

「只是——」

嗡——

圍繞着方舟的那些光暈驟然擴散開來。

眾人只感渾身沉重至極，偏偏只有秦菲與陳少文恍若無感。

「這……怎麼回事……」秦復與秦光痛苦萬分，似是肩上有千重山，壓得二人直接雙膝跪地；里昂雙眸通紅如野獸，手卻是死也不放緊緊抱着瑞秋，另一隻手……卻是拉起了思思的手。

身陷痛苦間的思思一怔，艱苦地看向了里昂。

「我甚麼都知道，只希望沒有太遲。」

隔着無形的力量，令里昂的聲音微微扭曲，如泣似訴。

思思面上笑容綻放似花：「不會——」

噗！

若要比擬的話，就像有一座無形的山憑空落下，把山下的人壓成肉醬，就連地面也淺淺地留下一個邊沿整齊的圓坑。

秦菲與陳少文面色灰白，眼神呆滯地看着在那小圓坑上的血肉。

方舟的聲音這才續道：「這一切，又有甚麼意義呢？」

王對兵，王派出兵讓其相鬥。但即使己方的兵輸了，也不會讓王動容。

打從一開始，王要殺兵只是一個念頭間的事。正如方舟想要殺死秦菲，只不過是彈指之間的事。

但因為它們想要測試瑞秋與陳少文，才有了剛才的戰鬥。

能夠操控重力，並將其當成兵器的方舟。

問宇宙間誰能抗衡？

方舟還是否有別的手段，尚且未知。但光是這一招，就足以把他們當作螻蟻般搓死。

他們賭命進來想要了結一切，里昂忍着痛苦殺了自己妹妹，秦菲不顧一切讓陳少文醒了過來。

但方舟用了三秒解釋眼前的現實。

那就是從始至終——

他們都沒有任何勝利的可能。

方舟的問題，是對他們結局的批注。

這一切有甚麼意義呢？

◎◎◎

里昂桀驁不馴、倔強的臉龐；

思思時常響起的那無奈的歎息聲；

瑞秋可愛的笑顏；

秦復、秦光兩個堂弟對任務無畏的神情；

這一切，只剩下一堆泛着漣漪的血水。

秦菲深呼吸一口氣，強忍着內心的悲慟，轉過身來重新看着那艘方舟。

她對方舟撒謊了。

她能夠一下子猜到起因是人，是因為眼前的方舟，跟殘存於世間的文獻記載中那艘大舟外形太過相似。文字明明記述它如傳說中的仙島，又如雲間天國，但在她眼中，這更像一座會飛的大棺。

裏面的人說是活着，實則都死了。

只剩下對「征服」那瘋狂的執念，席捲一顆又一顆星球。

她平靜開口，毫無逼到絕境的畏懼：「世間，沒有任何事情是毫無意義的。」

「是嗎？」

轟隆！

那如山般的重力壓了下來！

陳少文猛地把秦菲抱在懷中。只聽他悶哼一聲，心臟怦怦直跳。隔着與秦菲交手時衣衫的破口，可以看到他胸口有晶石的光芒隔着血肉透出來。

「秦菲，妳費盡心思前來，最終只剩送死一途。這一切，有何意義？」

有陳少文頂着，秦菲的壓力要少得多。

她漠然開口：「你是不是忘了甚麼？達偉爾與埃依比擁有實時觀看末日之地的功能。」

方舟的聲音仍然冰冷：「盡要小聰明。早在妳破開光幕之前，我們已經隔絕了所有信息的波動。」

秦菲面上勾起一抹傾城的笑容，吐出剛才方舟說的兩個字：「是嗎？」

她的眼角掃過某處。

芻狗背朝天的躺在地上，倒真的像狗一樣。只是他的臉龐卻是不屈地望着前方，一直看着。

半刻也不放過，就連眼也沒眨一下。

他本來就不需要眨眼，因為他的眼睛是假的。

既然眼珠子是假的，那甚麼才是真的？

◎◎◎

一年前，達偉爾。

深紅色的大地，長年懸掛在頭頂的巨日，散發着懾人的光華。埃依比是冷死人的寒冷，達偉爾則是熱死人的炎熱。

從字面看或者難以理解。

但不論冷死人、熱死人，都得死人。

世間萬物到了極致，總是相當恐怖。

秦菲孤身站在山頂，一個背包擱在她腳邊，背包旁還能看到一個半截被埋在地上的頭顱骨。白骨於山間隨處可見，因為這座山熱死過很多人，所以被達偉爾人稱為「白骨山」。而能夠立於頂峰不死，足見秦菲的不凡。

呼——

一道身影如鬼魅一般出現在她身後，陰沉的聲音響起：「本來在收到信時，我還在想是否搞錯了甚麼。」

來者是芻狗。

他看着那眺望遠方的秦菲，徐徐開口：「原來妳真的是來送死啊。」

秦菲的目光看着北方。這座山很高，望到極處能夠隱隱看見北方那白了頭的大山。達偉爾與埃依比，從沒有他們想像中那般遠。

她收回了目光，看向芻狗：「你竟然沒死？」

「妳也沒死啊。」

「我要見的是達偉爾的族長。」

芻狗面無表情：「達偉爾強者為尊。沒人能打得過我，我就是族長。」

秦菲點了點頭。雖然對於芻狗在自爆的情況下竟然還能活着感到驚奇，但想到達偉爾對肉體改造科技之先進，一切也變得合理。

她搖了搖頭，並不在意芻狗到底是怎麼活過來。她從地上的背包裏，抽出了一份文件遞給他：「在殺死我之前，先看看。」

或者是秦菲能夠站在這峰頂而不死，或者只是秦菲面上的神色太過淡定，又或者是因為這些以紙張製成的文件已經失傳於這個紀元之中；芻狗並沒有馬上出手，而是接過那些文件認真看了起來。

不知是峰頂很熱還是甚麼原因，芻狗越看，身上便越是冒汗。

「屬真屬假？」

秦菲深深望着他：「我都來到這裏單獨與你會見，你覺得呢？」

芻狗張了嘴巴想要說些甚麼，最終還是甚麼都沒有說。

良久，芻狗看着她：「妳想做甚麼？」

「我想做甚麼不重要，重要的是我想你做甚麼。」她似是若有所思，面上旋即露出一抹笑容：「既然是你，事情就來得更簡單了。」

她把地上的背包撿起來，遞給芻狗：「看完裏面的東西，你自會知道我想做甚麼。」

事實上，就連她也覺得世事很奇妙。曾經生死相向的二人，竟然有了這樣平靜對話的一天。

語畢，她便轉身準備離開。

芻狗看着她的背影，越看越是看不透：「我沒有道理幫妳。」

她沒有回頭：「但你會幫我，因為你也很年輕。」

「在我們這個年紀，尚未學會『妥協』。」

「既然沒有妥協，那就只有反抗了。」

說着，她的身影幾個拐彎已是消失不見。言猶在耳，芻狗的面色複雜至極，打開了背包。

他不知道，秦菲這個想法就是源於當年他自爆之前拍出的義眼。

在背包裏面的，是一個盒子與一面銅鏡。

在盒子裏面，也是一顆義眼。

義眼與銅鏡之間，隱隱泛着相同的光澤。

◎◎◎

一段時間之前。

有一行人冒着風雪，站在埃依比之外某座廢墟。

突然，有光芒升天而起。

那是信號，也是代表透過晶石傳送技術前往末日之地的信號。

為首之人拉下了披風的兜帽，露出一張年輕的臉龐。他是秦文廣的三兒子——秦鄉。

整個夕陽山的「初晨」之中，他的實力僅次於秦菲。他看着天空的光芒，已是淚流滿面。

他知道，堂姐與兩位哥哥此行是抱着必死的信念而去。

既是如此，他便不能讓堂姐的計劃白費。

秦鄉轉身，看向身後的眾人。

人數不多，百數之內。但夕陽山的訓練相當嚴格，能夠被選進「初晨」的人，都是精英中的精英。加上堂姐提供的埃依比密道……

秦鄉看着他們，很努力地模仿堂姐的木無表情：「此行任務目標，我不需要多說。」他指着天上那朝末日之地飛馳的流星：「我兩個哥哥在那邊，我堂姐也在那邊。」

「這任務不能失敗。」他拍着自己的臉龐，啪啪作響：「我要臉。」

「若失敗了，就一起死吧。」

所有初晨部隊的人都拉下了披風的兜帽，露出一張張年輕的臉龐。他們沒有因此而畏懼、害怕，反而覺得很是理所當然。

秦鄉看着他們平靜的神色，這才滿意點頭：「出發。」

埃依比的圓桌會議。

純白的空間內，整齊地坐滿十人。

只是比起以往以投影參加，此刻十人卻是真人出現在此地。白色神殿是他們會議之地，也是決定埃依比將來的重要場所。也因此，白色神殿的保安能力最是強大。

十人坐在這裏，面上或是惴惴不安，或是驚慌失措。

馬拿坐着，雙眸微合如假寐。

貳拾
一劍還天

轟！

突如其來的巨響，差點沒把幾個年長的祭司嚇得心臟病發死。

那是大門被撞擊的聲音。

祭司們很多都面色煞白，這時若意識不到敵方以摧枯拉朽之勢攻到這裏，他們便是真正的白痴。

撞擊聲後，一道略顯年輕的聲音響起：「都是些大人物，就不要把事情弄得太難看。開門吧。」

鴉雀無聲。

馬拿突然睜開雙眸：「開門。」

有下人聞言如獲大赦，連忙走過去打開門。

一行披着灰色披風的人走了進來，不論是為首還是身後的人，都很是年輕。

馬拿看着居首之人，目光落在他的頭髮上：「秦菲是你甚麼人？」

「我堂姐。」秦鄉面色平靜。

馬拿這才明白眼前這些年輕人為何能在短時間內攻進來。

若是有盡數知曉埃依比建築與佈防的內鬼，一切都變得合理。

「你們想幹甚麼？」

「沒甚麼。」秦鄉小心翼翼地自胸口的長袍中抽出一面小鏡：「我只希望整個埃依比能夠看到鏡中的畫面。」

馬拿看着顯現的畫面，瞳孔微縮。

他深呼吸一口氣：「若我不照辦呢？」

哪怕秦鄉已很努力地模仿秦菲的漠然，但還是不禁露出了年輕人的誠懇：「那就死。」

「為甚麼？」

秦鄉理解他的問題：「因為世間如題，不同人各有不同的解答。」他很認真地看着所有人：「但你們不給予人們選擇的機會，這便是你們的不對。」

◎◎◎

很快。

在逐晶者石碑之上，投放着一道影像畫面。

沒有人能夠理解，為何一面銅鏡之上，竟然能夠有畫面、有聲音。

即便是擁有先進晶石技術的埃依比科技組也是無法理解，只能嘖嘖稱奇，驚歎不已。

在擁有特殊磁場的夕陽山境內，衍生出很多奇妙的事與物。

有能夠對抗晶石能量的樹木。

也有不論相隔萬里也能透過獨特磁場傳送聲音與畫面的異石。

很多年前那塊異石被人發現之後，旋即打造成器，更被視作族內最珍貴的寶物。

這便是「還天鏡」。

還天鏡並非科技製造，而是透過夕陽山奇特磁場衍生的自然奇特之物，也就代表沒有任何技術能夠阻礙。

若以科技的語言來解釋，那便是制式不同。從始至終，還天鏡的頻率超脫於地球已知的數值。無從捕捉，即無法隔絕——就連長年被磁場籠罩的夕陽山都無法斷絕還天鏡傳送那影像與聲音。

如同古代傳說中，那條只能發出五十二赫茲的孤獨鯨魚。不同的是，當年那塊異石被打造成器的「還天鏡」除了器樞之外，還有三面小鏡。

哪怕遠隔重洋，都能透過小鏡窺見器樞所視。

在此之前，秦菲已經做過很多次不同的測試。這三年間，秦菲從來沒浪費過一天時間。同樣的小鏡，在達偉爾也在實時播放着。只是與埃依比不同，達偉爾那些老人早就被芻狗或關禁或殺死，芻狗的聲音幾乎沒有受到任何阻撓。

正如秦菲一開始跟思思說的話——她從來不打沒把握的仗。

實際上，她對於進入末日之地，與外星生物正面交鋒壓根兒沒有半分信心。哪怕她的劍練得很熟，哪怕她自夕陽山巔歸來……

若真有那麼容易，當年秦家先祖早就解決一切了。

所以她要確保，儘管一切都失敗，真相還是得讓天下見。

夕陽山，秦文廣手中拿着一面小鏡，面露擔憂之色。

只是比起擔憂，他面上更多是傷感。想起當年聽着秦菲的計劃，秦文廣問道：「那之後呢？」

秦菲回答倒是乾脆：「之後我大概都死了，關我甚麼事？」

◎◎◎

芻狗出現在秦菲一行人身前，二人相視一眼，沒有說話。

秦菲的目光落在芻狗的左眼，眼球泛着奇特的光澤，讓她一眼便認出那是還天鏡的器樞。

至於為何不是由秦菲親自帶着器樞，大概是因為就連她自己也沒有信心。

她既是破局者，也是打開門的當事人。臨危履冰，她實在沒有信心能夠一直存活。

這個道理很簡單。

要當「觀眾」，必須保證能夠活到最後。

擊敗了芻狗的秦菲，把他踢到遠處。

自那一刻，他的身份就變了秦菲想要她當的「觀眾」。

他需要好好看着一切。

他所見，便是世間所視；

他所聽，便是世間能聞。

秦菲開門見山，那帶着萬千感慨的聲音也傳到天下人的耳間：

◎◎◎

噗——

陳少文吐出了鮮血。

方舟的問題對他而言是毫無意義。

因為答案顯而易見。

哪怕他醒過來後馬上就死去。

清醒着死，還是如行屍走肉般活着，他當然會選前者。

清晰可聞的骨骼碎裂之聲響起，那本來如死灰般的臉色卻是多了一分潮紅。但他卻沒有半點放棄的神色，不算壯碩的身子卻甘願把天地都扛在肩上。

秦菲看了他一眼，輕聲開口：「別硬撐了。」

陳少文怔怔看着她：「我不捨。」

秦菲搖頭：「先下去等我，別走遠。我這就來。」

陳少文看着有點呆笨地點了點頭，隨即倒下，再也起不來。

再也沒有依靠，恐怖的重力只能靠她一個人承受。

她平靜站着，面上沒有半分痛苦。重力再大，仍沒讓她卑躬屈膝，如遠古文獻中那些在寒天於瀑布打坐的僧人，面色帶着莊嚴神聖。

她一甩手，尖長的刺劍落在掌心。

在超出言語能夠形容的重力之下，她艱苦地抬起了舉劍的手。

「嗯？」方舟響起一道聲音，圍繞着舟身的光芒漣漪再次擴散。

重力更盛。

咯咯咯咯——

秦菲渾身上下盡是骨骼悲鳴的聲響，赤紅的髮帶如火星般碎開。但她握劍的手仍然舉着。以燎天之勢。

橙髮如火焰一般隨風飄揚，她深呼吸一口氣，把手中的劍猛然一擲。

看似秀氣的木劍，似是不受到重力所影響，如離弦之箭般射出。

只是……與方舟相比，木劍就連繡花針也稱不上。

嚓——

微不可察的細響。

似有忽如其來的清風夾雜着碎石，輕輕擦過，於舟身留下一道微不足道的痕跡。

「我說過，世間沒有任何事情是毫無意義的。」

秦菲看着那道細痕，面上露出滿意的甜笑：「你看，我這不是傷到你了嗎？」

轟！

無形的重力壓下！

轟轟轟轟！

壓下，壓下，壓下，壓下！

重力激盪之下，那血水都被擠得濺了出來。

良久。

再也沒有那道執劍而立的女神身姿，只留下一灘流淌的血水，泛起道道心悸的漣漪。

◎◎◎

如火般的達偉爾、如冰般的埃依比內，無數人們已是失去語言能力。

有的掩住了嘴巴，眼淚似是不受控制地流下；有的仰天尖叫，像是咒罵着誰；有的似是笑得如癲如狂，如失理智；有的如看見了大恐怖，魂不守舍，如活屍一般怔怔地看着光影。

人間有百般滋味在心頭，眼前便有百般變化。

整個天下，變成了一幅悲歡眾生相。

就在這時，畫面中那如神祇、仙島、天國——又或者是大棺——的方舟恍如察覺到甚麼，船首的方向看着芻狗。

單是「看着」，所有聲音又再次休止。

那是畏懼。

只是這邊廂響起的聲音充滿着癲狂。

芻狗看着那艘方舟，瘋癲地笑了起來：「想奴役我們？當我們狗一樣？」

「我很像狗，但我是人！」

「是人啊！」

對芻狗，方舟似是沒有任何溝通的想法——

轟！

本來就躺着的芻狗，化成了沒有名字的血水，於淺淺的小坑中飄盪着。

三面還天鏡的鏡面隨即碎裂。

◎◎◎

秦鄉站在圓桌會議室，已是淚流滿臉。

他的兩位哥哥、堂姐直接死在那邊，豈能不傷感？

但在片刻，他便一抹臉龐的淚水，重新戴上披風的兜帽隱去容貌，轉身欲去。

馬拿見狀一怔：「你去哪裏？」

「回去啊。」

「就這樣回去？」馬拿面上盡是難以置信。

秦鄉回頭看了他一眼，雖然眼眶通紅，卻像是看着個白痴般：「堂姐說，給了你們選擇的權利。最後該怎麼選，還是你們自己決定。」他面上的神色很是理所當然，但更令馬拿難以直視的是那種名為「青春」的銳意。

秦鄉沒有再理會馬拿，率眾離去。

這次他沒有再自密道離開，而是光明正大的從埃依比大道朝外走去。走着走着，有很多埃依比的本地人面上泛着決然走了出來，跟在後頭。

人越來越多，似百川匯流。

秦鄉頭也不回，筆直朝着夕陽山的方向走去。

至於萬里之外，達偉爾那邊自有民眾領頭，依循芻狗給予的方向，朝南方那片群山而去。當然，不論是埃依比還是達偉爾，同樣有人留在原地。他們更多的是老人，滿臉苦澀，沒有說話，只是怔怔目送着他們離去。

有人走，有人停留。

這便是選擇。

也是定義「我是誰」的決定。

時光飛逝，歲月如梭。

轉眼間，便是七年過去。

大山之巔，有一座石像。

石像可以清晰看到那是一名女子，執劍而立，舉劍呈燎天之勢，欲破天而去。

甫自地平線升起的初晨，把石像那一頭長髮照得形同火焰。

一道身影站在石像之前，那是一名中年男子。他頭戴頭巾，身穿藤甲，滿頭橙髮間紮起了一根小辮，在旭日初升的輝映下，閃閃發亮。

「七年前，自由女神秦菲抱着必死之心，闖進了末日之地！也為我們揭露了真相！」

「而透過自由女神，那自稱為『神』的方舟傳遞給我們一個信息——他們視我們如豬

羊，對地球的一切予取予求。這當中甚至包括了我們的生命！」

「但自由女神也以她的性命告知了我們一個事實——」

男子轉身，面若寒霜：「神，也是能殺死的。」

他是秦鄉。

七年過去，他已經成為出色的首領，更能完美地模仿出秦菲那「不把世間一切放在眼內」的漠然。

「世間，沒有任何事情是毫無意義的。」

秦鄉看着眼前的畫面。

他站於山巔，而在他身前的是密密麻麻身披藤甲、手執藤槍的勇士。百萬把藤槍的尖

終

鋒遙指天空，其勢驚天！

「正是自由女神與英勇伙伴的犧牲，才讓我們覺醒，才有現在我眼前的百萬精壯大軍！」

「我不是你們的首領！」

「我是你們的家人！」

秦鄉深呼吸一口氣，手中藤槍猛然跺地，狀若怒獅狂吼：

「兄弟們，姐妹們！」

「告訴那些傢伙！這裏是地球，是我們的土地！」

「沒有任何人能夠奪走！」

「因為這裏，永遠都是屬於我們的土地！」

轟——轟——轟——

百萬根藤槍跺地，戰士仰天吶喊戰吼；其鳴欲與雷相比，其鋒芒更勝初昇的旭日！

在遠處，一道蒼老的身影看着自己的三兒子那威風八面的模樣，面上露出欣慰與感慨。他仰首望着藍天白雲，想起秦菲當年一直掛在嘴邊的説話，今天竟被秦鄉説了出來。

在方舟眼中秦菲那徒勞無功、毫無意義的舉動，於世間點燃了一把野火。

那把火，名為希望。

秦文廣逕自喃喃自語，似要看着天國的秦菲：「妳看到了嗎？野火燒不盡啊！」

◎◎◎

秦鄉率領百萬勇士，走出了夕陽山。

一望無際的平原憑空出現黑壓壓的陰影，如突破空間的限制，在出現的剎那便已懸於他們的頭頂九天之上。

那是一艘大舟。

方舟「看」着下方的人群，隻字不吭。

轟！

可怕的重力如山一般壓下去。

秦鄉面色不變。

身後百萬勇士身上的藤甲，均泛起了一抹奇異的光芒，似與那無形的壓力相互抵消。

說起來當真嘲諷，自地球走出宇宙的方舟行走無數星球，所向披靡。但同樣是地球經異化的植物，反倒能夠把一切能量攻擊無效化。

宇宙間自有因果。

秦鄉仰首看着那艘大舟，面色盡是厭憎。

他的目光，看着那道細痕，深呼吸一口氣，出聲如梵音：「敵人就在前方！」

「為了自由！」

身後百萬大軍同時暴喝聲響：「為了自由！」

秦鄉狂吼一聲，手中倒提着藤槍扛於肩上，朝着天空的方舟狠狠地擲了過去，上萬計的藤槍緊隨其後！

畫面定格於此。

開揚的草原上如天國的方舟，似飛蛾撲火的勇士，形成一幅氣勢磅礡、氣吞山河的畫。

此畫能否傳揚下去，那便不得而知。

完

後記

嗨嗨我是楓成。

《晶戰曲》是我第一本嘗試的短篇單行本小說。

若是早已認識我的讀者都會知道——我以往擅長的都是逾百萬字的大長篇小說。對於投稿並受到天行者出版社的青睞，確實是有種受寵若驚的感覺。

想起首次出版、繼而參加書展已是2019年。而時至2021年，我寫作的生涯已踏入第八年了。

那天到天行者出版社簽約的時候，也被問到一個曾遇到過很多次的問題：寫作的契機？

故事源於我的中學同學，認識十多年了，暫稱他為邦邦哥。他的嗜好是畫畫，我的嗜好為寫作。真要説寫作的話，我早在中學年代已經開始寫作了，只是更多當作是消遣活動，偶爾寫寫，也從沒對此認真過。

就像我們喜歡打籃球，但也不至於心存打NBA那般認真吧？

直至一天跟邦邦哥閒聊，他説起自己的畫，然後便興致勃勃的拿出畫簿給我看。我看了幾眼，也是覺得不錯：「要不放上網絡讓人觀看、分享，同時也算是紀錄自己的人生。」

他卻只是意興闌珊地搖了搖頭：「網絡是個修羅場，我還不夠資格放到網絡去。」

我頓時鼻孔生火，嗤之以鼻：「網絡本來就沒有限制大師才能上載作品啊！你如此閉門造車，難以成功。」

話說出口，我卻驀然回首，發現在說他的同時也在說我自己啊！

既是如此，那我又有甚麼資格說他呢？

就連之後邦邦哥說了些甚麼我都忘了，馬上以手刀跑的速度跑回家，打開電腦並點開文檔，發呆足足一小時。

苦思良久，我終於下定決心。

十指落在鍵盤上，便是八年過去。

……

八年間，鍵盤也不知道換幾個，指間落下按鍵轉化成的文字已有數百萬。

每天寫作，確實是相當消耗時間與精力。但對已成習慣的我來說，就變成吃飯喝水一般自然。而當我回望過往八年，那一字一句都是我的汗水、我的人生經歷。

本書的命題在於選擇。

套用電影《一秒拳王》裏面的句子：**每一秒、每一個選擇，都可以創造另一個平行時空。**

世間有千百樣人，便有千百種選擇。

一題百解，不同解法便是定義着我們的本質。

若八年前我沒有開始寫作，今天的我會是如何？

我不知道。

至少現在的我，樂在其中。

奇幻系 02

作者　楓成
內容總監　曾玉英
責任編輯　林沛暘　杜偉航
書籍設計　Kathy Pun
封面插圖　Adam Pun 潘子匡
相片提供　Getty Image
出版　天行者出版有限公司 Skywalker Press Ltd.
九龍觀塘鴻圖道 78 號 17 樓 A 室
電話　(852) 2793 5678
傳真　(852) 2793 5030
出版日期　2021 年 6 月初版

發行　天窗出版社有限公司 Enrich Publishing Ltd.
九龍觀塘鴻圖道 78 號 17 樓 A 室
電話　(852) 2793 5678
傳真　(852) 2793 5030
網址　www.enrichculture.com
電郵　info@enrichculture.com

承印　佳能香港有限公司
九龍紅鸞道 18 號中國人壽中心 A 座 5 樓

定價　港幣 $88　新台幣 $440
國際書號　978-988-74782-6-3
圖書分類　(1)流行文學　(2)小說／散文